三民叢刊107

養狗政治學

鄭赤琰著

三民書局印行

養猪改良學

陳永茂著

三民書局印行

序

鄭赤琰

人愛用狗來罵人，尤其是政治領域裡，更是如此。當然，人也有用狗來稱許人的，但比起譭的一面，讚的一面遠遠微不足道。因此，使我對狗的觀察也就非常有興趣，因為我是搞政治專業研究的，希望從狗的行為中可以增加我對政治的智識。結果，不出我所料，在觀察狗的行為時，使我觀察到不少人的政治行為，原來是那麼相似，相似到難分人狗，牠與他幾乎渾然成一個版本，叫我納罕，也叫我驚奇。

如果你一定要問我何以然？而我一定要提出一個解釋的話，我想這大概是人有很長遠的養狗文化，因為人與狗相處得太久遠了，於是狗的效應發生在人的身上，而人的效應也發生在狗身上，於是人狗為伍，互相拷貝，最後誰抄誰？也就不甚瞭然了。

看官也許不信，人是萬物之靈，又是最早進化的一類，怎麼會落到把狗效應到自己身上來呢？不錯，我也曾經這麼想，這麼不信，但是，當我認真觀察人的政治行為時，我竟然發現許多人的政治行為充滿了狗的效應，比如說：狗的嗅覺很強，視力短淺；人也如是，政治嗅覺強，政治遠見卻欠奉。又狗對人不對事，凡是親人，做什麼都可以；人的政治行為也然，往往是對人不對事，某些人是自己人，做什麼也都可以接受，若是非自己友，或是政見不同的，便動輒得咎。

類似這些例子，多得不勝枚舉，於是便寫成此書，以此為「養狗政治學」，公諸同好。是為序。

養狗政治學　目次

序
他們這些禽獸——／1
老虎屁股摸不摸得？／5
龍虎鬥／9
說狗／15
狗與國籍／21
養狗者言／25
龍年說龍／31
說貓／37
鴕鳥／43
貓頭鷹／47

狗・老鼠・毛澤東／51
狗蚤的故事／57
畫家與動物園／63
貓哭老鼠／69
禽獸也不容？／75
瘋狗日記／81
瘋狗日記續篇（上）／87
瘋狗日記續篇（下）／93
狗為何要吠？／99
狗尾巴／105
狗腿／111
狗嘴／117
開場白／121
九七心態／125
物以類聚／129

口罩與惡犬／135
對抗／139
狗不如／145
豐餐法／151
啃骨功／155
狗與氣候／161
狗為何自賤／167
狗流淚的寓言／173
狗場轉手的銜接問題／177
中國人養狗「古方」／183
中國人在澳門狗場自踐／187
新場主的策略／193
新場主的第二招／197
狗被遺棄種種／203
狗偷人做？人偷狗做？／207

狗失笑記／211
狗死跳蚤散／215
狗會「和平演變」／219
機管局會變成 under dog 嗎？／223
沙皮狗鬥牧羊狗／227
狗咬主人／231
狗「口罩」／237
狗官解／241
狗為什麼輕易搞對抗／243
狗廣告／247
汪然之無物／251
狗小解的寓言／255
狗與幽默無緣／259
瘋狗與瘋人誰更可怕？／263
中西領導人心目中的狗／267

腦滿腸肥之狗一族／271
用狗守廟／275
用狗帶路／279
狗子無佛性／283
港督之犬出走的天機／287
律師與狗／291

他們這些禽獸——

在「自由論壇」寫魚蝦蟹的東西，驟眼已過了十五個月。記得當初曾與編輯說，當寫成一本書後，便要把〈魚蝦蟹篇〉結束，改爲寫〈禽獸篇〉。

如今，〈魚蝦蟹篇〉果然依當初想法被集成小册子問世，於是也該依當初想法，讓陸地上的禽獸們也出來亮相一番才是。

禽獸有什麼值得寫的嗎？嘩！說起來可多囉。古今中外，無論是寫實派、寫虛派、寫情派、寫理派，大家都愛用上禽獸作題材，而且往往能把作者心中的什麼科學哲理啦、宗教人倫啦、人海冷暖啦、文學社會學、醫學神經學……等等，描繪得淋漓盡致，眞是無理不通、無情不達、無惡不揭、無仇不報、無醜不露，所以，絕不要小看我們周圍埋伏著的、暗藏著的，甚至光天化日出沒的禽獸，牠們在各類題材下被表達出來的東西，委實威力法力無邊。

不信嗎？或者一時想不到有什麼實例嗎？這裡且隨便舉三幾個例子與大家共賞。

如果你是搞政治學專業的，你一定會知道馬基維利這位大名鼎鼎的政治思想家，也一定會知道他的代表作《霸術》，更會知道他是一位把政治權力研究得最透徹的思想家，他的成功正是因爲他參透了禽獸世界的權力運作規律，從而使他得到對人的權力運作的科學了解：所謂政治操作的最基本籌碼，只有權力（power）。不信這點，有意無意忽視這東西，不善制約這東西，災難便很快降臨！爲了說明這點，他用獅子與狐狸作比喻，他說：要作爲一個英明的領袖，他必須像獅子般孔武與威嚴；同時，很重要的，他也要像狐狸般狡猾。有獅子般的孔武與威嚴而無狐狸般的狡猾，他很快便被獵人打倒。有狐狸的狡猾而沒獅子的孔武與威嚴，他不能服衆，也就落得日日夜夜在搞奸詐動作，使到天下有邪而沒正了。馬基維利這番話，用在毛澤東的身上，便立刻可以看到他的問題出在那裡了。他的問題就出在狐氣太重。尤其是在「五七反右運動」開始，他搞「引蛇出洞」這種狐狸動作，之後愈搞愈兇，不但在黨外搞，對敵人搞；連黨內，對同志也搞這一套，什麼劉少奇、彭德懷這些黨要也都一一中了他的狐計。

到了文化大革命，更是陽謀陰謀用盡，使到全中國人人學狐狸，不敢講眞話，假話騙話空話滿天飛。文革之被批爲「大浩劫」，正是由於毛澤東獅狐不平衡、狐氣過重的後果。要搞政治、要做領導的人，不能不通馬氏的「獅狐平衡論」。

認識馬氏的人雖不普遍，認識莎士比亞的人應該很多了，大家應還記得他寫過的最感人的文章，也還是那條最有人性的獅子呢！沒看過他的原著的人，也該有看過那齣根據他原著改編演出的電影啦。羅馬帝國統治後期之失去人性，從鬥獸場中的餓獅群暴露無遺；那批只知掌權用權，只知享受繁華的羅馬達官貴人，動輒把奴隸推進鬥獸場去，名爲鬥獸，實則叫他們在大群餓獅面前掙扎求存。一天，一頭餓獅竟然與一名試圖逃跑而被抓回來的奴隸擁抱，如同命動物般攬在一起激情一番，原來這名奴隸逃跑至山中曾住在山洞避難，避難所原來是獅子窩，一天，獅子回來，身受重傷，回來見了人也已沒有氣力反應，骨碌倒在一邊，這奴隸有好心腸，設法醫治這獅子，於是人獸成了好知己，過了好些感人的日子，但終於不見獅子獵物回家，而這奴隸也被迫出洞去找尋食物而被抓回羅馬監獄。就在他被推進鬥獸場行刑的那天，他居然碰上了他的知己獅子，於是一幕感人的場面上映了，而羅馬的達官貴人居然還暴跳如雷，聲言一定要處死這上演人性的一對。莎士比亞捉住了這一刻，讓這奴隸痛罵羅馬帝國，說獅子都還有人性，眞是人不如禽獸，莎士比亞的著作之所以千古流傳，不是因爲他的文字寫得好，而是因爲他懂得人性弱點，而且懂得用這些沒有人性的禽獸來鞭撻人性醜惡的一面，叫人看了自己醜惡的一面而自省。

莎士比亞的做法，當然也啓發了不少後人，尤其是英國人更加喜歡他，所以也就會再度出現像《動物農場》這樣的傑作，通過農場的動物百態，把極權統治醜陋的一面刻畫得非常生動。

中國人也有不少用禽獸來鞭撻人性醜惡的傑作，著名的有：孔子的「苛政猛於虎」，《晏子春秋》的「社鼠」，莊周的「蝴蝶夢」、〈山木〉等。《史記》令司馬遷千古揚名，他最出人意表的地方，還不是有關他涉及人與禽獸的筆觸？例如「指鹿爲馬」的故事，便使趙高永世沈淪了。愛讀中國歷代寓言的人，都會發覺到，其中有絕大部分的故事，是用禽獸來表達作者七情的。

順手拈來，是古今中外，處處看到用禽獸來刻畫人的傑作。因此，凡是愛或恨讀我釣魚的讀者，不妨也來看看我「打獵」，他們這些禽獸，什麼青臉獠牙、窮兇極惡、溫馴愛爬、陰謀詭計，什麼嘴臉都有，什麼行徑都齊，什麼雞牛豬狗、爬蟲走獸、龍虎獅豹，都是叫人不冷場的動物。若想要知道他們的行狀，且聽以後慢慢道來。是爲〈禽獸篇〉序。

——香港《明報》一九八七年十一月十七日

老虎屁股摸不摸得？

霍德當上布政司後，大概覺得香港人口愈來愈多，有點不怕政府了，於是他便想到改變香港政府「跛腳鴨」的形象。然則用什麼禽獸最得體？最容易有威望？最易嚇怕人呢？難得他終於想到老虎。

據說當他想到老虎時，也曾請教過行政局某些華裔高官，大家商量了一陣，都覺得很妥，可以用老虎來嚇一嚇港人。

不錯，老虎的確可以唬人，但要看老虎那一部分，要看老虎在什麼處境。

英國人曾經雄霸天下，殖民地佈滿全球，怕自己威望不能心懾服人，所以常常愛借助老虎的威風。他們的軍隊用老虎作番號，他們的旗幟也往往有隻老虎。如此還不夠，他們甚至也愛把鈔票的水印印上一個大老虎頭。這一個怕人不知英國老虎存在的心思，用得也良苦了。

但要用老虎來唬人，也得好好考慮用老虎的那一部分？講到用那一部分，英國的前人畢竟想得比霍德高明，他們總會用上老虎頭、老虎眼、老虎牙，甚至老虎身上的斑紋、老虎爪，這些不管眞假，正如香港人愛說的：「唔打得也嚇得。」偏是霍德不用，竟然用上老虎的「後門」。這眞是糟透，不管他用的原文叫 tail 是多難譯成中文，總之他不用老虎「前門」，而用「後門」就是不智之至。因爲「尾巴」也好，屁股也好，總之用上「後門」便極之不妙。中國大陸一提到「走後門」，便等於罵做官的不好。霍德在港多年，竟然無知於中國人的「尾巴」文化到了如此地步，他還有膽出任布政司來統治中國人？

至於「後門」被當作屁股，更不可用來嚇人。對於中國人來說，用屁股來嚇人的人，不但得不到預期的效果，還會被人當作是「喜屁股」的人，尤其是當官的，對於這一道「後門」更該避忌才是，否則便有「亡國」之嫌。亡國詩裡不是有這名句：「商女不知亡國恨，隔江猶唱後庭花。」前庭花不唱，偏唱後庭花，亡國之兆也！

所以，老虎能不能嚇人，端看你用牠什麼部分，用得對，眞威；用不對，就大大不妙，得到反效果。比如用老虎屁股，當然是笑話，而不是威。

就算你想說：老虎是威嚴的、兇惡的，你來摸，你便沒命！這倒要看老虎在什麼場合，如在山林的野老虎，不錯，不要說摸牠的屁股，就是跑近牠，牠也一定與你對峙，殺掉你爲止，因爲牠不能跑，一跑便屁股對住你，失威之至了。霍德先生，你這下可知道失言未？你用老虎屁股來對住香港人，比尤德的「跛腳鴨」還要糟！

再說，如果老虎不在森林，而是被困在動物園，或是馬戲班，牠們的屁股便不那麼保得住清高了。不是嗎？馬戲班的老虎常常被戲弄，有些滑稽的馴獸師，覺得玩老虎頭千般一律，也往往有人想到叫老虎翹尾巴，露出牠們的屁股，叫牠們出「洋相」，這時也往往比老虎頭更能得到惹笑的效果。

眞正的摸老虎屁股也的確發生在這些被困的老虎身上。由於被困在馬戲班或動物園的老虎，牠們的健康當然不比森林裡的強壯，常常要勞動獸醫去探病，這時獸醫總應用探熱針來探測牠們的熱度，放在老虎嘴巴裡，當然不妥，於是獸醫想到一個好辦法，把探熱針插在老虎屁股裡，這是名副其實的摸老虎屁股。可惜被霍德責罵的李柱銘不熟悉動物，否則他大可以獸醫自居，說自己摸老虎屁股迫不得已，因爲要插探熱針，要探測老虎的體溫，好對症下藥！

如果老虎不在森林，又不在馬戲班，不在動物園，只是一個玩具老虎的話，那麼牠的屁股更全無威意了。前些時，有個朋友在北京帶來了一個玩具老虎，是靠電池推動的，我抓在手裡檢視了好幾趟，總不能發覺裝電池的地方，普通廠家，總愛在肚底下開一個洞裝上去，但我在肚底找不出什麼開關，想想頭夠大，也找不出機關。最後還是由這朋友點醒，說是電池由老虎肛門開個洞裝進去的。也虧得北京人有頭腦，想得出這一招，據說這一招還有了發明權的註册，別人不得抄襲的呢！我見了這頭玩具老虎，眞佩服北京人善於玩老虎，不但是摸老虎屁股，竟然會想到在其屁股裡裝電池。

——香港《明報》一九八七年十一月二十四日

龍虎鬥

中英雙方爲了香港「九七」問題，最近頻頻展開政治鬥法。

尤德出招

尤德在世時，他出了一招，放出了一個鴨，而且說明這不是一個「跛腳鴨」，意思是說這個鴨還健全，兩個腳還會游水，提醒中共，如果對香港太過分，這個鴨還識游水，會游水逃亡的。

尤德這一招，妙則妙矣，而中共也的確怕了香港這個「水鴨精」，搞得不好，這些鴨群難保不跟著這個「水鴨精」離開那「鴨脷洲」。這一來，對中共來說無異是「人民游水逃亡」，是對中共政權的莫大恥辱，萬萬不能造次。不料正當中共怕了尤德這一招時，尤德的祖家卻不合作，把英倫四島先封閉起來，不准「鴨脷洲」的鴨群游來，於是尤德所放出的一隻「水鴨精」馬上法力消失，從空掉了下來，成了一隻「跛腳鴨」，成了令人取笑的對象。而中共這時也就十足打起了精神，在中英談判桌上，寸步不鬆，頻頻在香港英籍民問題上向英方下壓力，一味說港英籍都是中國籍，向英方頂到底，終於頂出了〈中英聯合聲明〉裡的「備忘錄」一項，叫尤德的「跛腳鴨」看起來好蹩腳。

霍德重整旗鼓

霍德知道不妙，想重整旗鼓，於是想到把「跛腳鴨」收起來，另放一招。這次虧他想到了老虎，以爲虎虎生威，可以有所作爲。

但仔細想來，他的法力也是極有限之至，龍年很快就到，這條龍正是老虎的尅星，還放出來送死，倒不如留著「跛腳鴨」，還可以在水上避避龍的殺機呢？

而中共也似乎早洞透像霍德這種當過軍人的英國人心理，所以這些日子來，早放出了一條龍，準備以龍來制虎。

以龍制虎

中共這一招法，也的確正中英方要害，老虎雖兇猛，但卻最怕龍蛇一類，因爲一碰上了龍蛇，老虎便再也惡不了。老虎最厲害的武器不外是其爪與牙，其他動物碰上老虎之所以受害，便是逃不過其爪牙。而龍蛇一類則不然，牠採取死纏的法術，在老虎通道橫身當作一條朽木埋伏著，一旦老虎經過，牠便翻身頭尾一捲，尾巴更是迅雷般，像電索猛向虎身上纏上數圈，一面纏一面用力向虎身收緊。這時，老虎爪只會在地上猛爬，老虎利牙也只會光咆哮，光空咬一番，如此愈咆哮，便愈氣急，叫一次，氣鬆一吋，蛇身便收緊一分，如此老虎咆叫幾次，龍蛇便將老虎身體收緊幾分，而蛇頭也始終在虎頭前幾吋，火舌閃閃，逗著虎頭虎眼一味暴叫，直到老虎氣絕爲止。

龍的法力還有叫老虎難防的一招，那便是龍蛇慣於藏身，不露面，一味在地下工作，不動聲色，不像老虎那樣不耐心性，龍蛇爲了伏擊敵人，可以在地下賴著當死樹木一條，不吃不喝不動，長期死守下去，直到敵人上身，牠這才閃電一擊，速度驚人。

老虎雖有斑紋，但這當不了保護色，龍蛇在埋伏時，不但身體賴著像條朽木，連蛇身也呈朽木色，成了非常高明的保護色，叫牠的敵人不易辨認出牠的實在埋伏點。

老虎的最大弱點，愛在一條牠慣跑的路上走，堅持自己的道路，容易被人埋伏，尤其是牠的爪，一旦走在自己路上，便心安理得地把爪收起來，這時的腳印是見踪不見爪，叫人識穿這是牠的慣性。而龍蛇卻不然，在牠伏擊敵人時，不但不自設陷阱，而且懂得在敵人慣用的道路上設伏，所謂用其人之道捉擒其人，這便是龍蛇高招，中共的「一國兩制」、「五十年不變」、「資本主義照行」、「馬照跑，舞照跳」，便是這龍蛇高招的演變。

老虎自癖其臭

老虎還有一個大弱點，雖識游水，但卻不愛洗澡，所以身體上拖著一道虎臭味，凡是老虎經過的道路或東西，總會留有強烈的虎臭，而老虎卻不以此臭自嫌，可見其自癖其臭的弱點，而龍蛇則不然，牠身上藏有臭味，但卻懂得在適當的時候收放，在伏擊敵人時，牠不動聲色，也不放蛇臭，只有牠遇上痳煩，遇上敵人，這才放射出臭味，叫人掩鼻而棄之。

這一招叫無聲無嗅，不像老虎，走起來有虎步，臭起來有虎臭。

毛澤東研究龍蛇之術很精，所以他愛用「葉公好龍」的典故，也從這典故警醒自己，警醒他的同志，叫同志不要像葉公那樣愛龍又怕龍，應愛龍學龍，他的革命軍事行動十六字口訣，便是從龍蛇術得來的靈感，整個十六字的基本精神便是龍蛇術裡的「埋伏」。

龍蛇雖然有其一套，但據說卻很怕「鴨脷」，所以人都相信有鴨糞的地方不會有蛇出沒，若然，尤德的「跛腳鴨」看來應比老虎還受用哩！時勢不對，畫虎不成反類犬呢！不能充不要硬充。

——香港《明報》一九八七年十二月八日

說　狗

也眞莫名其妙，狗怎會與人搭檔起來，成了人的忠實隨從，對主人忠心耿耿。這個行徑，再也找不到第二種動物。有人也許以爲貓也是人的忠實隨從，其實不然，貓是認屋不認主，人搬家往往搬不走貓，這是盡人皆曉的事；唯獨狗，是認定主人，主人走到那跟到那，從不有二心。這種忠實的行爲是怎麼搞出來的，的確是一個歷史上的有趣問題，但搞清楚這問題也的確難，因爲人類養狗貓的歷史很長很長，應該是比文字發明還要早。在埃及，早在楔形文字創造前，已有養狗的文化遺跡。十年前，當菲律賓森林被人發現石器時代的部族時，他們也都養有狗，可見狗早在石器時代的社會已然忠實地跟著人了。

人狗惺惺相惜

照常理論，狗之所以忠於這個主人，應該是當初人也是以狩獵維生，狗是吃肉獸，也當然是以狩獵維生，兩者惺惺惜惺惺，英雄重英雄。人覺得狗跑得快，鼻子又靈；狗想必也服了人的聰明，打起獵來上算得多。也大概因爲基於這種考慮，狗與人也就終於拍檔成爲一主一從，狗服人，也就獻心獻肝，把人當成眞主跟隨起來。

但人一旦聰明發揮起來，再不停留在狩獵時代的落後，而狗的命運也就隨著人不用靠狩獵維生而有了變卦，所以中國先賢有言：「蜚鳥盡，良弓藏；狡兎死，走狗烹。」這便是看到了人不打獵而殺狗的情況。狗的命運尤其糟的，是人不走向游牧的方向，而是走到農業社會爲主的社會。在西方，由於畜牧業與農業並重，狗的命運還算不錯，狗的品種日有發展，什麼牧羊狗啦、狼狗啦、聖伯納啦，都是舉世聞名的名種狗，都是由於人器重狗而繁殖出來的新品種。西方人愛狗也的確仁盡義絕，狗死了，爲狗舉辦喪事，親友送殯行列完全不下於送死人，又披麻也戴孝，也哭也鬧，做足了禮儀。而且還設有狗墳場，忌日送花憑弔，也不是罕事。什麼狗醫院、狗醫生、狗接生、狗避孕、狗托管所、baby-sit 狗，什麼人的玩意，都玩足在狗身上，狗受如此待遇，也該稱得上遇上好主人。

農業社會對狗薄義

但狗在純農業社會的際遇卻不那麼幸運了，中國是一個古老的農業社會，對狗薄義也最有歷史，也是糟蹋狗無出其右的古老國家，因爲我們如此薄待狗，所以連我們的語言文化也對狗極之不尊不敬，更莫說有什麼愛的成分了。不是麼？我們罵狗賤狗，連狗身上的每一部分都用上了，什麼狗眼瞧人低啦、狗頭軍師、搖尾乞憐、狗腿啦、狗嘴長不出象牙啦、走狗啦、落水狗啦、狗屁啦、狗血淋頭啦、狗仗主人威啦、狗急跳牆啦、狗咬骨頭啦、狗咬狗啦，眞是林林總總，罵狗或用狗罵人的語言文化，罄竹難書，爲什麼這樣呢？這正是我們作賤狗的心態表現。爲什麼會如此作賤狗呢？我想這大抵與我們的農業社會有關，我們不再依賴狗爲我們打獵了，所以只好「烹走狗」。

政治文化作賤狗

我們不但在語言文化上如此作賤狗，在政治文化上，更是不放過狗，狗在我們這多災多難的政治環境中，也的確非常倒霉。在中國歷代也都愛把忠心耿耿的官僚當狗看待，尤其是朝代轉換的年代，前朝官僚更被當成狗來處理，當街當眾「打狗」，爲什麼這些前朝官僚被當成狗呢？無他，正因爲他們對他們的政權表示忠心，好似一隻狗對他們的主人忠心那樣；反之，如果他們對新政權表示依附時，也都沒好日子過，這時他們會被人瞅爲「搖尾乞憐」，可恥之徒也。忠也不是，不忠也不是，中國的官僚眞難當。在如此難當的處境下，所以當官的心態也特別走樣，變得不是特別心狠，便是自以爲父母官，兩者都把人民的權利當作是他們的恩賜，正如他們是主人派來守護主人財產那樣的狗，要咬要吠，聽他之便，在這樣的官僚心態影響下，人無以洩恨，只好以狗罵出口。這種狗政治文化，認眞可以看出中國官僚制度有問題，問題是在如何把官僚的忠心與政權分開。西方人不把當官的當狗看待，原因是當官的不必對某政權忠心，但卻必須對其職守忠心。這些職守是應國家民族而設，非爲政權而設，政權有變，國家機構不受影響，在這機構工作的人也不必受影響，因此，西方近代政治現代化後，政權變來變去，都不會影響幾百幾十萬的公務官員，反之，中國每當改朝換代，當官的便立刻成了無主之犬，人人得而烹之。

中共的三十多年統治，其狗的政治文化也不示弱，在文化革命高喊人民革命萬歲的年月裡，北京中央人民廣播電臺每天的臺歌便高唱：「社會主義好！社會主義好……社會主義打倒帝國主義捲著尾巴跑！捲著尾巴跑！」在這革命年月裡，有多少政治忠心有問題、派別有問題的人，被當成「落水狗」、「走狗」、「惡狗」、「奸狗」來打擊！曾經因爲打這些「政治狗」打出了恨，連眞正的狗也不放過，全國展開掃狗運動，名爲養狗是資產階級、有閒階級的玩意，要不得，實則是狗人不分，恨政治狗恨上眞狗。

由於中國本土的官僚制度人狗混淆，與英國官僚制度很有分別。香港是英國殖民地，文官制也變得講專業、講職守，在這中英政權交接期間，在此時此地，狗的政治文化也變得特別敏感，如何安定這些香港文官，維持香港繁榮，也變得特別講究心思。希望中英雙方，尤其是中方，了解這裡的狗政治文化的敏感，否則什麼「漢奸走狗」，什麼「新界打狗隊」啦，一旦猖行起來，那時便會變成「狗咬狗」了。

——香港《明報》一九八七年十二月十五日

狗與國籍

我經常愛逛狗店，看看各種奇形怪狀的狗隻，彷彿看到各種類型的人那樣，從中得到不少體會，其樂無窮。

這日，又正在逛狗店時，聽到甲乙兩人以狗爲話題，一對一答，蠻有意思，這裡且記下以饗讀者：

首先，甲說：「經常聽人說，這是德國狼狗，這是中國沙皮狗，這是英國牧羊狗，總愛把狗冠上什麼什麼國，到底狗有沒有國籍？這樣叫法有沒有意義？」

乙似乎不假思索地答道：「狗會有什麼國籍！誰寵著牠，誰養牠，便是誰的狗，這狗便效忠誰，替你看守門戶，替你咬人吠人，聽任你指揮，國籍什麼的，對狗全無意義！」

甲似乎不大同意乙的話，馬上作出反駁的口吻道：「哪，你自己已說出來了，誰養牠，牠便效忠誰、跟隨誰，這隻狗便歸這個主人，便屬這個主人的忠臣，那不該屬於這個主人的國民嗎？」

乙又似乎不假思索地說：「如果你把狗當人來說，效忠誰，便是誰的國民，那倒不成問題！」

甲仍是深有所思地說：「儘管如此，仍有問題。」

乙這下才把眼光由狗籠轉向甲，開始有點留神甲的說話：「什麼問題？」

甲更認眞地說：「香港議會議員的效忠與國籍問題，英國殖民地的所謂立法局、行政局的什麼議員，過去在殖民地消失後，往往要被當成忠臣而被接回帝國去。可是，現在的香港非殖化卻不同以往，這些原先是英國的議員，效忠英王的臣民，卻不被接回英國去，而是被安排留在香港，做香港永久居民，而〈中英聯合聲明〉的中方備忘錄也都清楚說明，不管香港華人手裡揸不揸英國屬土公民護照，都是中國公民。照這說法，這些現任英國香港殖民地的議員，或是三百多萬的英籍香港華人，都有資格當現在或將來議會的議員……」

乙突然插嘴，但仍不假思索的樣子，說道：「不錯，都可當議員，並沒有人說不可。」

甲又駁嘴道：「怎麼沒人說？什麼諮委啦、草委啦，都開聲聲討說不准這些持外國護照的人當議會議員，有人還用上不同筆名寫文章反對呢！」

乙仍舊淡然地說：「這些人說，沒用，北京大老爺不會聽從這些人的！」

甲愕然道：「不聽？」

乙較爲認眞地說：「不聽！」

甲追問：「什麼個道理？」

乙笑笑，又一副淡然的臉色：「如果北京聽從這批人的論調，北京豈不要變成大逆不道？」

甲更追問道：「我更不明你的說法！」

乙仍笑笑，一面指著狗籠裡的狗，淡淡地說：「哪，你早先問我這些狗有沒有國籍，我說狗有沒有國籍不重要，重要是狗對主人忠不忠心，國籍不過是一張紙，有什麼重要，重要的是這些人對這些地方、這些政府敬愛不敬愛，敬愛自然便忠，不敬愛，對不起，忠不來！」

甲有點心急地追問起來：「這些話與北京大老爺聽不到這些諮委草委的論調有什麼關係？」

乙更是一臉笑色，調子平平：「哪！」乙一面說一面指著籠子裡的狗隻：「就好比這些被關住了的狗隻，英國已講明不許香港英籍民移民英國，個個都等著新主人新國家垂靑，有款有型的，被看上了，被救出籠子，移民去了，但在這籠裡怎會是全都有型有款的呢？所以沒法子全都跑得了……」

甲開始有點不耐煩，追問道：「這話仍與北京搭不上什麼鈎子！」

乙全不受干擾地說下去：「這些人旣然被困在這裡，如果北京聽信這些什麼諮委草委的話，不理你是不是英籍華人，一概不准他們當選民當候選人，更不准他們被委任為什麼什麼議員，這些不把這些人當成狗不如？」

甲聽了這話，更是一臉迷惘，但卻不見追問，我聽了，思緒也起了一陣干擾，但見乙仍平板地分說下去：「狗對主人的忠心是舉世無雙的了，這麼忠的動物也仍然被人領養，被人認可可以轉換效忠對象，而且狗也往往對著主公主婆主父主子多人表示多方效忠，如果當眞如這些諮委草委所言，不讓這些持有英籍華人效忠轉讓，或對著中英雙𨈆感情，這些英籍華人豈不連狗也不如？何況英國在此統治了他們幾世代，感情的聯繫不也需要長時間來淡化嗎？這些草委諮委一刀切的話，會不會過分的？」

甲正想答腔，狗店主人卻早不耐煩有人在他的狗鋪開論壇，下逐客令地說：「我這裡是賣狗的地方，要論政請到維多利亞公園去！」

——香港《明報》一九八七年十二月二十四日

養狗者言

在中國之極南端，有一島，本來沒有什麼經濟價值，因爲島上峯巒起伏，亂石覆蓋，全不能耕用，所以農民不屑一顧，只海盜喜歡它人煙偏僻，出沒作爲基地。

清朝末年，國運日衰，西方列強爭相來犯，其中有一名大英不列顛，首挫清大軍，幾兵臨清都，請議和，立《南京條約》，英大臣要求割讓此海盜島，因爲看重其航運價值，並可據此覬覦中國江山。而清廷也無異議，以爲區區一海盜島，割讓十個又何傷國運？

英人經營這海盜島，歷經一百五十餘年，果然不出原有期望，當年海盜島已然成爲世界繁華都會，無論商業、工業、財經業，都蔚然成世界前驅，海盜島也因此被讚許爲香江矣！

香江既爲經濟重點都會，其中行行都有傑出人才。其中有一養狗人家，姓張名七根，居鬧市，偪促一家五口，居住面積不過千呎，其中還養了十多隻狗，人與狗雜處如此小天地，能相安無事，已匪夷所思，還說要把狗養出什麼名堂？偏是這張七根卻是因群狗而名噪香江。他所養的狗隻，無論是德種、英種、美種、日種、中種，都曾在狗展中名列冠軍，人都稱其「張狗王」。

鄙也善養狗，但狗屢屢受挫，而百般搜集養狗著作，得一書，往往從頭啃到尾，有如狗之戀骨般，但總得不到什麼奧竅，養狗也都一直沒有心得。於是便想到請教「張狗王」。

養狗好比養人

張狗王見鄙就教，先是謙讓再三，後見鄙長揖不去，始拱言道：「我受教育不多，文化水平也低，講不出大道理。養狗嘛，我想也好比養人，大道理我不會講，如講心得，我有點點的領悟。狗與人，皆動物，我把養人的心，用於養狗。雖然狗的智慧不比人高，但其動物之情卻與人無異，人與狗用情卻一樣，喜怒哀忌愛惡慾七情俱全。」

言及此，其中有隻牧羊犬尋寵而來，張狗王雖認眞說狗，亦都不忘撫惜此犬，一面也談道：

「人之患，在其養狗不知狗情，狗之一舉一動，皆因情而發，吠出乎情，跳出乎情，蹲跑也都自有其情在。然人因狗不能說人話，竟誤以爲狗不如人聰明，竟也因此而誤以爲狗情七缺。不以情待狗，狗情不達，人狗交往情不溝通，誤會因此叢生，誤會生，則關係亂矣！狗咬人，人打狗，主不爲主，僕不爲僕，何也？皆因狗七情不平，喜不由心願，怒不由心遣，哀不由心節，忌不由心制，愛不由心發，惡不由己，慾不從心。七情失調，便情有所偏，不忌之狗，不惡之狗，不慾之狗，不怒之狗，不喜之狗，不哀之狗，失愛之狗，呆狗也！狗但知惡，不知忌之所忌，不知慾之所慾，不知怒之所怒，不知哀之所哀，不知愛之所愛，瘋狗也！狗但知愛，傻狗也！狗但知忌，癲狗也！狗但知慾，豺狗也！狗但知喜，濫狗也！」

張狗王言及於此，膝下已圍上了好幾隻狗，有大有小，此時，不但口忙，手也忙著一一遍撫各狗，一面仍續發揮其養狗經道：

「要狗七情無所偏，養狗者自身先要七情平衡，情之所發也，必有因，順其因，而通其情，狗便不呆，不瘋，不傻，不癲，不豺，不濫。狗之呆也，瘋也，傻也，癲也，豺也，濫也，無他，人養成者。與其說是狗有問題，不如說是養者有問題，狗不過是反射人格耳！」

鄙聽了這番話，頓有所悟，連連點頭稱是，正想讚其幾句，張狗王卻不斷地說下去：

「余之所以養狗略有心得，無他，竅破此情而已。人之參與賽狗，主僕不能溝通，人狗不能合拍，出洋相耳！何能做show？要主僕心靈相通，平日要做好功夫。余之狗，一出場，要跑，要坐，要站，要做動作，任由指揮，何也？無他，狗知恩報恩，不讓主人出洋相耳！反觀有人拉狗出場，要狗跑，狗坐；要狗坐，狗跑，搞到人狗相拉如拔河，有的狗，不聽從指揮竟至於咬傷評判，尤甚者，竟現場攻擊其他狗隻，搞至賽場如鬥狗場！如此狗隻七情不聽從指揮竟至於此，皆因平日七情不平耳！」

治狗之道用於治人

張狗王此言此語眞合乎我心，令鄙開竅不少，其雖微其言爲養狗心得，想養人也不過如是耶？於是再向張狗王請教：

「敢問你治狗之道可用於治人乎？」

張狗王喜道：「治國大事也，吾輩小人物何足與言大事！然而一般大人物治國只知空言大事，卻罔顧人情。不顧人情，連治狗也不能，遑論治人？當今之世，有人自誇文才武功都蓋過歷代英雄皇帝，可是其幹革命也，動輒亂其七情，叫人民自相攻伐，自結仇恨，人民喜怒哀忌愛惡慾失去平衡，怒惡當頭，愛慾成爲資產階級之情，必加討伐，人民忌愛慾如洪水猛獸，視怒惡爲英雄行徑，七情之亂竟至如此！國之不成國又何足怪哉？人之不能治又何足怪哉！噫！如此治人治國，豈不成瘋人國乎！吾不敢苟同也！吾不敢苟同也！」

說罷，張狗王搖首再三，其狗隻見情也都齊躍而上，伏其膝者有之，舐其手者有之，關心溢於形表。可見人狗之情甚篤焉。嘻！養狗而體會出治人之道者，千古唯張狗王乎！

——香港《明報》一九八七年十二月三十日

龍年說龍

來年的農曆新年是龍年，編輯要我說說龍，迎接龍年。

傳說中的龍

這一下眞有點爲難了，我這欄的〈禽獸篇〉說的都是現眼的禽獸，其一舉一動，都有形跡可循。偏是龍這東西，中國人傳說了幾千年，不但始終找不到龍的眞跡，而且愈傳愈混亂，有說龍是蛇之精，蛇修道成龍；又說龍是住在龍宮，海嘯風災，是龍一手搞成；又說龍是住在地裡，穿土越嶺如無物；更有人說龍是住在天上的，閃電便是龍的傑作。這些傳說眞的把龍搞成海陸空，無所不能，無所不在，又是仙，又是神，更是天子。於是乎，歷代也就把龍看作是超時空存在的萬能眞命動物，沒人看見不要緊，只要大家相信其有便行了，就好像信神當神在那樣，中國人便如此信上了龍。

這樣也不錯，信念中的龍可以神化到憑你如何想像，不像眞的動物，有形有跡可循，想要神化也不可能，也只好老老實實。也正因爲龍可以任由神化，所以中國人都愛稱自己是龍種，中華民族是龍的民族，做皇帝的是龍的降胎，中國大地是龍的家鄉。由龍之被神化，可見中國人是富於幻想，因爲愛幻想，中國人對於現實也就特別顯得比那講究實體的西方人遠爲有忍耐性，可以用幻想來忍耐種種現實生活的挫敗，對於人爲的種種不能輕易被人忍耐得住的錯誤或惡劣，中國人也都能忍耐，而且長期忍耐，世代忍耐，世紀忍耐。

既然中國人那麼能忍耐，做子民的那麼能忍能耐，當政者以龍自居的忍性又如何？這是一個大大的問題。經過數千年的歷史經驗的累積，事實已經擺明，以龍命龍身自居的當政者卻又是極度暴躁，他們動輒龍顏大怒，非常暴戾，極不能忍受批評，更莫說忍受反對。就是因爲他們動輒脾氣那麼大，所以中國人對於龍的構思也都是那麼一種脾氣：什麼閃電是龍怒啦、風暴是「龍捲風」啦、海嘯是龍作威啦，寓言家筆下的龍，更是常常下凡來作亂，見了便要嚇死人。間中雖然也有好龍弱龍，如龍女一類，但其背後也都有一條暴戾的龍父，叫人看出龍惡起來也是六親不認的。

在所有對龍的脾氣構思中，最有意思的一種，應該是這一則：據說龍全身披鱗，如順其鱗而摸，則龍懷大快，反之，如果有誰敢逆龍鱗而挑，則龍必殺之而後快，這種構思也是一語道破了我們歷代當政者的壞脾氣，逆龍鱗者卽道出當政者不喜歡聽的話，歷代如此而受害的，也確實不少，因此，敢冒死身諫的人少之又少，否則董狐筆便不可貴，魏徵這樣的諫臣也都不成爲典範了。

人民縱容當政者？

當政者這條龍之所以那麼殘暴，一點忍的修養也沒有，這多少也應該與我們中國人將龍神化的幻想有關，這種將龍神化的幻想力既然令我們忍受這條龍的所作所爲，作爲當政者的龍王們也就被放縱慣了。全世界的政治實踐經驗顯示，你越是放縱當政者，他們便越變得得意忘形。所以問題不單出在皇位上，更大的關鍵應是人民放不放縱當政者。雖然中國歷代也有把皇帝殺掉的史實，但中國人卻始終擺脫不了要遭受龍王胡搞的災難。爲什麼呢？因爲中國人的這種所謂「革命」，只是想找到一條好龍王來取代壞龍王，根本思想不是想到除去龍王，所以不管好壞，龍王還是高高在上被你寵著，也正因爲如此，早晚也要蒙受龍王脾氣了。西方先進國家的「革命」卻不同，他們的革命才是眞正的革命，因爲他們眞正把當政者的龍袍脫下來，把「祂」從龍的身分還原爲平民，人民不放縱他，試問一人怎能烹煮億萬人？他們不幻想龍有這種力，所以也不怕龍有什麼惡脾氣的。

中國人排生肖每十二年便有一次要迎接龍年，以五千年的歷史來計，中國人最少也已迎接過了四百次以上的龍年。在過去四百多次的迎龍年頭，中國人都沒曾好好想過要把龍王這個皇位廢掉，直到近百年來才開始有了這個嘗試，但嘗試儘管嘗試，抓上權位的當政者卻始終丟不掉龍王心態，連講究馬克斯什麼人民當政的人，也都膽敢在全世界人民面前號召千萬人上廣場哭喊什麼：「萬歲，萬萬萬歲……」經過整百年的「革命」嘗試，居然這條龍王還是陰魂不散，當政者還是那麼不能接受民主精神，可見民主運動多麼不簡單，龍王心態在朝野心目中是多麼難革除。

一九八八年又是一次龍年來臨，一九八八年的香港民主運動又正好碰上這條龍，以過去百年來民主運動所受到的挫折經驗來看，凶多吉少恐早有所卜。儘管如此，經過百年來的民主運動衝擊下，中國的外圍已顯露了民主的陽光，日本與南韓這兩個受過中國龍的文化洗禮的國家既然能在民主進程上跨前了一大步，沒有理由相信中國人永遠與民主無緣，更何況臺灣與香港已有了民主的啼聲，是黎明前的啼聲。只要大家在這龍年，緊記著神化龍王的心態要不得，眞正把這蒼龍縛住，要牠惡不得，大家便有好日子過，中國便有好前途，讓我們以膽識去迎接龍年的挑戰！

——香港《明報》一九八八年一月八日

說　貓

話說有一齊公，生性好貓，尤其喜歡不同顏色的貓，什麼黑貓、白貓、灰貓、花貓，養了一屋子。

一日，有客來訪，見貓散居廳中，知主人好貓，於是迎合主人心理，即席談起貓來。

各貓各法

客人說：「論顏色，白貓好看；論捉鼠，黑貓較強，不知齊公高見如何？」

齊公見問，先是打哈一陣，後，肅然正色，道：「不對，不對。會不會捉老鼠，要看天時地利，還要看貓和不和：黑貓身黑，在黑夜時，得黑夜掩護，有有利條件，故在黑夜中善捉鼠，但在白晝卻不然，黑色太搶眼，反而是白貓有利。在陰天，灰貓佔便宜，在雜亂的環境，反而是花貓勝出。所以，我養貓要養各種顏色的貓，什麼貓都會在某些環境某些時辰有某些局限，我養各色貓，便可在各種條件下都可捉到老鼠。」

客人聽了，佩服地讚聲不絕，說齊公有見地。

養貓人之大患

又一日，又有客來訪，見貓嬉戲廳中，幾無落腳之地，知主人好貓，也以貓爲題，傾談起來。

客人說：「養貓不錯，可以捉老鼠，但有一個難題，貓吃飽了便往往自足地高臥起來，不再捉老鼠了，要等到牠餓了，才又捉一隻，吃飽了又睡，一天捉一隻，一隻便夠睡一天。鼠口眾多，繁殖又快，若要鼠滅種，便得多養貓，貓養多了，滅得鼠來，卻又不知如何處理貓。」

齊公見說，又是打哈一陣，後，正色言道：「養貓者，最忌貓捉了老鼠而不吃，存在一邊，聽其腐化，則爲患大矣！所以養貓者，寧願貓捉一隻鼠睡一天，卽使如此，也好過捉了幾隻老鼠存著不吃的貓，因爲鼠存著會發臭發爛瘟害人類。這好比崇奉社會主義者之最忌於會搞經濟的人，因爲這些人搞了經濟自己存著不吃，聽任其腐化他人。所以善養貓者，不患貓捉一隻老鼠睡一天，而患貓捉多了老鼠而不吃，這是養貓者的哲學，不可不知。」

客人聞說，嘆齊公有見地，讚不絕口而去。

誰怕誰多一點

再一日，再有客來訪，見貓酣睡廳中，蝨散滿一地，知主人好貓，也以貓爲材，閒話起來。

客人說：「養貓是好事，因爲可以防鼠爲患。但貓易生蝨，貓愛貼人，蝨便因此而易上人身，帶菌害人，人雖想爲貓除蝨，但一來貓毛細軟，蝨走其中，如人之竄林，頗費兵馬；二來貓性怕水，若企圖以水灌洗之，必出利爪傷人無悔，用水除蝨之舉，萬萬行不通，思前想後，眞爲貓蝨而頭痛。」

齊公見說，再是打哈一陣，後，正色說道：「這問題是『誰怕誰多一點』的問題，人怕鼠多於怕蝨，所以人能忍蝨而不能忍鼠，故養貓忍蝨而去鼠，道理在此。更何況蝨身小不易爲人見，更藏於貓身下，更鮮爲人見，故人能忍蝨而不能忍鼠也，因爲鼠易見而蝨不易見耳！所以養貓者又如信奉社會主義者，最忌的不是問題的危害性大小，而是問題的搶眼性大小，搶眼的，危害性小也都得急令杜絕之。不搶眼的，危害性大也都可忍而耐之。」

客人聞說，嘆齊公爲養貓知貓的高人。

養貓養出革命精神

又再一日，再有客到訪，見群貓青眼而瞪，有感而發，說道：「聞說貓在黑夜變得特別怯生而野蠻，這都是由於貓眼構造很特別，其中裝有青光，眼球的青光隨光度的弱強而轉爲大小。在白晝，光線強，青光瞇成一線，所見的東西，也都因此小起來，所以貓見了不怕，也就自我馴順起來，反之，在黑夜，光線微弱，青光擴大與眼球同等大小，所見的東西，也都因此大起來，影響到貓的心理，也就自我蠻惡起來，所以夜晚的貓不能接近。」

齊公見說，仍是打哈一陣，後，正色而言道：「這正是貓眼過人之處，天賦貓眼一對青光，正是叫貓在黑夜中，懷疑一切，仇視一切，這所謂寧願仇視一百，不願放走一個，正因如此，貓之所以能爲捉鼠之貓也。否則，一旦友善一些，厚待一些，貓在黑夜又怎能嚴於職守，何況貓的敵人善藏躲，身手又敏捷，不懷疑一切，不仇視一切，又怎能成爲好貓？善養貓者，不患貓懷疑一切，翻倒一切，正如信奉社會主義者，不患其革命者懷疑一切，仇視一切，翻倒一切，但患其革命者不懷疑一切，不仇視一切，不翻倒一切。那豈不是變成了一隻不善捉老鼠的貓乎？」

客人聞說，折服不已，嘆齊公養貓養出了社會主義者的革命精神。

——香港《明報》一九八八年二月十五日

鴕鳥

借動物來評論政治與諷刺政治的許多傑作裡，其中最令我折服的一個傑作，便是鴕鳥。因爲在這麼一個傑作裡，政治人物的短視，或是無視，甚至昧視、忽視，都在這動物裡描繪得淋漓盡致，活靈活現，妙不可言。

鴕鳥式政治人物

不是嗎？在現實的政治人物裡，不是有很多人的行徑像足了鴕鳥嗎？他們搞政治搞到技窮之餘，無所遁跡，又不敢挺起胸膛，像斯巴達人那樣背城一戰，只好像鴕鳥那樣，臨急將頭一把鑽進沙堆裡，以爲世界便太平了。可笑的是，那龐大的身軀仍然高站在那裡，叫全世界的人都看見，唯獨牠自己不見罷了。凡是患上政治目疾的人，便被人指爲「鴕鳥」，看到了鴕鳥的可笑，也就令人爲政治目疾人物而捧腹，久而久之，到底鴕鳥搭上政治目疾人物的宣傳車，抑或是政治目疾人物得力於鴕鳥宣傳？也就不甚了了。不過，可以確定的一點，這種政治目疾人物一定不少，否則鴕鳥的故事怎會通天流傳出去，經久不散？

政治目疾人物之所以不少，正好說明了許多從政的人不能、不夠或不肯用客觀的態度對待現實問題，於是到頭來便變成了「鴕鳥」。因爲政治目疾如此普遍，研究政治的學術界便想出了許多配方，企圖爲他們醫治這種目疾。其中最有效的配方之一，該是「民意調查」的設計，希望這樣可以協助從政人物心廣目明，了解民意動向，從而針對問題而提出方案，這用意善則善矣！但鴕鳥政治人物往往仍是目疾頑固，爲他找到配方也都往往無效。鴕鳥之所以爲鴕鳥，也眞是令人難耐。

鴕鳥令人難耐

鴕鳥之所以令人難耐，其中有其一定的局限性。首先，牠該是被錯列入鳥類一行，因爲鳥一類通常應是有翅膀而又會飛。但鴕鳥雖長翅膀卻不會飛，只用雙腳奔跑，跑起來的樣子又不像一般動物那樣有型有款，而是像快跑之後快要飛起來，偏又飛不起來的蹩腳樣子，眞是笨拙難堪。

因爲飛不起，又走不遠，鴕鳥只好採用埋頭政策。一般飛得起的鳥，一定不會走「埋頭」一招。因爲飛得起，飛得高，必然見得遠，所謂「高瞻遠矚」，什麼敵友，早已分明，遠遠早見到，心裡早有盤算，要防要攻，早有預謀，怎會臨急計窮，走到「埋頭」的絕路？所以怪只怪鴕鳥平日太戀太平日子，養就了一雙翅膀不用，不能飛又不能有遠見，搞到把翅膀退化了，臨急飛不起，逃不掉，只好「埋頭」自欺欺人。

鴕鳥既然飛不起，也就沒有辦法像其他的鳥類那樣，把巢築在樹上或是懸崖絕壁上，這樣便能好好地把蛋保護著，免使其子女受到無妄之災或不測之險。於是鴕鳥便只好把蛋生在沙堆上，無遮無攔，又白又大，目標非常清楚，一旦遇上麻煩，鴕父鴕母便拔足不顧無辜的子女而去。這種態度也認眞不負責，比起薛福成所描述的雀鳥那種爲稚子不顧一切冒死搶救的父母愛，眞不可同日而語。

鴕鳥還有一個惡習，那便是頑固。通常頑固的動物一般都會從牠的脾氣裡表現出來，惹起了牠的脾氣，要牠不幹，牠卻是非幹不可。而鴕鳥的頑固卻不長在牠的脾氣裡，而是長在牠的眼睛裡。一般動物，看了什麼東西，便有什麼判別，而且往往會相信自己的眼睛，無須走了前去用手加以最後鑑定。偏是鴕鳥不照辦，眼睛看到了東西，往往便自行頑固一番，不相信自己眼睛的判斷，還要愈走愈前，直到危險迫到埋身，這才猛然驚醒。因爲這頑固，往往無法預報危險，只好臨急把頭埋入沙堆，進一步向自己頑固宣告：我一切都看不到！

——香港《明報》一九八八年二月二十六日

貓頭鷹

黃永玉在其《太陽下的風景》一書裡，收入一篇文章，說到他因爲畫貓頭鷹而被「四人幫」批黑的事，不勝感慨，連招待過他的人也都一併被牽連，這更不知是什麼世界？難怪他說，在這大劫過後，「相逢莫作嗟嗟語，皆是淒淒在亂離」；他這本書是在一九八三年出版的，書內所收的短文，多是「四人幫」倒臺後所寫的，文章有不少敢言之句，可見中國的知識界眞有不少硬漢，死不了，還要說。

最近報載方勵之到了美國，接受《紐約時報》訪問，仍是一派敢言的作風，他直指中國雖云開放，但不少老領導仍是不信任知識界，言下之意，知識界冬天仍未過去，還有寒凍要挨。這是方勵之被開除黨籍、被大學革職後的說話，可見他當眞也是一條硬漢，是死不了還要說的一類。

在這裡，我建議黃永玉應給方勵之畫一張貓頭鷹，反正黃愛畫貓頭鷹，又常常畫，想必畫得非常純熟，非常生動。雖然，過去黃每愛畫水中蓮，取意「出於污泥而不染」的清高氣節。但這清高仍不夠高格。畫貓頭鷹才算高格，一個畫家的不朽，正如一個作家之不朽那樣，他必須能像魯迅說的，要敢怒敢言。如果黃永玉能堅持畫貓頭鷹，還能堅持送貓頭鷹，專選擇中國知識界的硬漢，一人畫一隻貓頭鷹，那麼，黃永玉作爲當代著名畫家，便能傳遍全世界，傳誦萬世。

爲什麼畫貓頭鷹這麼「巴閉」？說穿了也難怪「四人幫」之流要暴跳了。因爲貓頭鷹正是蛇鼠一類的死敵，在其鷹爪下，蛇鼠一類再兇也要技窮。

貓頭鷹是名副其實的「向黑暗投搶」的戰士，在白天，陽光普照的日子，狐狸蛇鼠見光遁形，貓頭鷹便也自站在高樹上閉目養神，一旦夜晚來臨，狐狸蛇鼠當道，貓頭鷹便會變得特別警覺，牠生就了一副能洞穿夜幕的靈眼，一見到蛇鼠狐狸蠢動，便立卽飛撲過去，成爲著名的守護夜晚、在黑暗主持正義之士。

毛澤東在延安文藝座談會上，打出了什麼文藝應爲工農兵服務的幌子，乍聽起來，這口號很漂亮，細究起來，則不外乎要知識分子的文人歌頌毛澤東。不是嗎？當工農兵口號叫得最響的時候，是文革期間，這期間也就是毛澤東天天被歌頌爲什麼「舵手」、「帶路人」、

「大救星」，工農兵離不開共產黨，共產黨離不開毛澤東思想，毛澤東的思想是「不落的太陽」。這邏輯不是很清楚嗎？文藝爲工農兵服務，要搞文藝，路線必須是走工農兵；工農兵是瞎子，無方向，必須要共產黨領導；共產黨是盲公，必須要靠毛澤東「帶路」，所以嘛，文藝界一定要歌頌毛澤東，否則便是反動！

這樣的路線對不對？當然錯得徹底！最好的辯證，便是文革的大災劫。搞到無人敢寫毛澤東一根毫髮，除非你不要命！搞到無人敢非議共產黨的所作所爲，除非你不要命！共產黨當眞是一切眞理的眞理嗎？神話！毛澤東的思想當眞是「不落的太陽」嗎？神話！

什麼文藝路線才是正確的呢？說來話長，但最起碼也得讓「貓頭鷹」的文人學士開聲，允許他們在黑暗投搶。共產黨人統治的天下，也正如許多其他黨派那樣，一定會有不正派的人廁身其間，一定會有無知的人爲非作歹，共產黨包庇這些人，不允許「貓頭鷹」把這些狐狸蛇鼠捉出來，便是共產黨的不是。文革這大災劫，正好說明了共產黨人不是神，還有許多是賊，正需要許多「貓頭鷹」去捉賊。讓「貓頭鷹」去活動，便是正確文藝路線的最起碼要求。否則，一味自己幻想天下太平，一味自我吹捧共產黨統治的天下不再有奸有賊，那才是自欺欺人。

說也奇怪，自然界的規律，往往有其自我平衡的法則。根據自然科學家的研究，貓頭鷹的繁殖，其興衰端賴狐狸蛇鼠的多寡，鼠輩橫行天下時，貓頭鷹便應運多起來，反之，貓頭鷹的繁殖便受到局限。共產黨若怯於自割膚肉之痛，最好聽任「貓頭鷹」用「三自一包」的辦法，讓他們爲你捉賊，到沒賊可捉時，他們自動「自包」起來，何患之有？

——香港《明報》一九八八年三月一日

狗・老鼠・毛澤東

報載說葛羅米柯寫了回憶錄，其中涉及毛澤東的地方，說毛曾向蘇聯領導建議，由他引誘美軍在中國沿海最多人口的地方登陸，然後由蘇聯用核子武器出擊，把美軍殲滅，當然，也把中國沿海的中國人殲滅。

這回憶錄擲出後，當然，北京方面會出來否認一番，因爲他們之中仍有很多人不相信毛澤東會有那麼瘋狂的想法。他們作這種否認，認眞說起來，還是好事，因爲他們的否認，頂多只能反映他們的心態還沒到毛澤東的狂瘋狀態。至於毛澤東會不會如此狂瘋惡極，並不會因他們的三言兩語的否認而得到澄清的。

人民微不足道

在香港，有些寫專欄的人指出，瞧毛澤東在文革的瘋狂行徑，便足以證明他會因爲要殲滅美軍而一併叫中國人去葬身於核火海的。其實不說他的文革行徑，單看他的所謂游擊戰術，已足以證明人民在他的軍事行動中是微不足道的。不是麼？他不是常常把游擊隊當作是魚，人民是水。因此，他把游擊隊的戰鬥用人民包藏起來，叫他們不用軍服，埋身在人民群眾，叫他的敵人分不清誰是人民，誰是游擊隊員，最後只有因爲清除游擊隊而把人民一併清除掉。這種把人民全面捲入戰爭的做法，其禍害性當然很大。像越南戰爭，游擊隊與人民正如水與魚那樣難分難解時，也只好迫到美軍見到越南人便射殺，不錯，美軍最後打到自己手軟、自己不耐到神志不清，終於自己撤退。然而，越南人因爲這種游擊戰不是搞到民不聊生嗎？好在美軍兩度沒被毛澤東引進中國來，一度是到朝鮮去打美國人，一度是到越南去打美國人（據鄧小平透露，越戰到最高潮時中國曾派出約三十萬人去支援）。韓戰時是杜魯門忍住的，越戰則先後由詹森與尼克森忍住。如果美國總統也像麥卡特與毛澤東那樣見到戰爭便血滾，相信中國早挨了不少枚的核子彈了。

毛澤東之所以會引美軍入侵，要蘇聯出彈，有人說是想直接把美蘇捲入戰鬥，然後美蘇互投核子彈，中國人多，死不完，最後會在毛澤東領導下，稱霸全球。這種說法不算透徹，要透徹一點，應作這樣的理解：爲了要證明毛自己是一個偉大的共產思想家，他一定要想法子引美國進侵中國，何況他也早在一九四九年八月十四日與十八日寫的兩篇文章中，要共產黨人「丟掉幻想，準備鬥爭」，說明美國這帝國主義一定會繼續侵華的，不會走的。他當時寫這些文章時，明白表示黨內國內仍有不少人對美國存有幻想，他罵這些人糊塗、無知，甚至反動。爲了證明他對，他是非要引美軍入侵不可，否則他豈不變成失靈的先知者？爲了證明自己的先知，他是寧願犧牲中國億萬子民也要引美軍進犯的，這便是他兩度派軍到朝鮮與越南的原因，引美軍進犯，要蘇聯出彈，最後發生世界核彈毀滅戰，要人永生永世咒罵美帝主義，與美資本主義誓不兩立，毛的理論便成立了，毛思想便偉大了。可見他是滿腦子要拿中國子民的血來祭他的思想大旗，好在美國這時有不少神智清醒的人，像華特・立敏與威廉。威廉便是力主寧願讓共產黨來統治美國，也不願與蘇聯展開核子戰爭的人。也好在美國仍有頭腦清醒的領導人，及時把雙方的瘋人隔開，否則，眞難想像今天是什麼世界。

人類自相殘殺

研究動物侵犯行爲而得到諾貝爾獎學金的康羅・羅倫茲曾說，在動物的世界很少有像人那樣地互相殘害，不錯，牠們會爲種種原因而互相咬打，但只爲打敗對方，不爲打死對方。而人卻不然，打敗對方仍不會甘休，必要滅他個人，甚至滅他一族而後快。

羅倫茲的話說得很對，不錯，野生動物自相會咬打，但不殘殺。但他卻不曾進一步指出，人的這種爲殘殺而進犯的行爲，不但在人之中互相影響，甚至連最接近人的一些動物也都逃不掉人的這種惡影響。例如狼，在野生自處不爲人繁養時，會互相咬打，但不殘殺。但一旦被人繁殖而成爲家犬時，狼的習慣已失，成了狗性時，卻是經常狂咬狂殺，狗打架咬死同伴的事，已是常事，不是意外。

與狗一樣，老鼠也是與人非常接近的一種動物，其接近的程度已臻於沒有人便沒有鼠的地步，鼠幾乎是成了人的文化的一部分。說也奇怪，老鼠也有自相殘殺的習慣，而且往往是一旦有陌生鼠參與族群時，同族鼠便會互相猜忌而至於互相咬殺。據說接近自然的田鼠少有這現象，只有家鼠才有這特性。

可見羅倫茲的動物不殺同類的說法還得被修正，正確一點說，不接近人類的動物才會有不殺同類的現象。

照這現象來推論，人的好殺同類的行爲既可影響到其他動物，毛澤東的思想就是非常危險的，因爲這樣下去，中國人首先會被引發到自相殘殺，然後，韓國人、越南人的毛澤東思想發揮了光芒時，也都會互相殘殺，軍民不分，照殺。階級敵我不分，照殺，黨內黨外不分，照殺，這樣危險的毛澤東思想，中國的共產黨人，也該好好檢查檢查他們腦裡的毛澤東思想，好好揪出他們的毛澤東思想，爲自己，爲民族，也爲中國瀕臨絕種的沙皮狗做做好事！

——香港《明報》一九八八年三月十一日

狗蚤的故事

香港的春天眞是「春來人不來」，完全感受不到春的氣息，反而是氣壓沈悶，沒風的日子，又加黃梅雨，搞得人的心與情都潮了，好不難受。這都是拜五嶺山脈之「賜」，頂上一座大山擋住，外來的氣流被閉塞著，既吹不過五嶺山脈，也就不流來香港。

在這樣的環境下，要養狗也特別多了工夫，因爲天氣潮，狗蚤也特別繁殖得快，簡直是應運而生，任由你什麼西方發明的藥方，到了這裡的狗身上，都要無效，所以狗蚤也因此特別意氣風發，特別瘋狂，簡直是到了毫無顧忌的地步。人到了這地步，不，是狗蚤到了這地步，也就特別胡來。

這日，這些胡來的傢伙，在得意之餘，終於想到要召開研討會了，想藉此來顯示他們的得意，也借這機會來大家交流交流，希望從大家發跡的經驗裡，更充實一番。

參加研討會的狗蚤也的確陣容浩大，眞是到了冠蓋雲集的氣派，也難怪，香港華洋雜處，什麼中狗西狗種類多多。單是中狗便有什麼北京狗、獅子狗、沙皮狗，更有不少所謂「土種狗」，等等不一而足；而西狗呢，更是有什麼牧羊狗、老虎狗，等等無奇不有。因爲狗有中狗西狗，狗有大有小，狗毛有多有少，狗有乾淨不乾淨，狗有貪不貪，狗有好鬥不好鬥，狗有走狗不走狗，所以經驗一旦交流起來，也就特別豐富，好多話題。

牧羊狗

在大家推崇之下，英國牧羊狗身上的狗蚤首先出來發言，這個優先發言權落在牧羊狗身上也很有道理，因爲這裡是英國人的天下，英國牧羊狗也大概因爲這個政治因素，也將別有市場，所以牧羊狗身上的蚤子也算很有代表性。

只見牧羊狗身上衍生出來的狗蚤首先發言道：「在這牧羊狗身上搵食，有一個大方便，就是牧羊狗身上毛長得又多又密又長，所以容易找到掩護，不容易被暴露。雖然，在英國祖家，英人都懂得用『頸圍藥帶』來消滅我們狗蚤，但香港地潮，我們可以不一定要靠狗嘴裡的口涎來救命，所以也就不必一定要越過狗頸上圈著的藥帶，因此大可逃過被毒殺的機會。

加上這裡地潮，牧羊狗毛多皮膚病也多，我們狗蚤衍生的機會也就更多。所以，總的經驗來說是：「搵到富！」最後三個字是英文的華音：Wonderful，洋狗身上的狗蚤也不忘其洋言也。

狼狗

狼狗雖不及英國狗，但卻是道地的西洋狗，因此，狼狗身上的狗蚤也都被很快擡舉出來發表其論文。只見狼狗蚤朗聲而信心十足地道：「雖然狼狗不像牧羊狗那樣毛長毛多毛密，但由於狼狗個性兇惡，個子又大，又有紀律，香港富人也多，警界也很喜愛養著狼狗來幫助治安，所以狼狗也算是這裡的『當權派』，由於其屬當權派中人，有權在手的人那會有那種心去做捉狗蚤的事，無論身分地位切身利害，也都不會搞到自己親自下手在自己狗身上捉蚤，所以，總的經驗來說，也是：搵到福！」這「搵到福」是英文「搵到富」的變音，因爲是德國發音嘛！

貴婦狗

接下來的西狗蚤發言，應該忘不掉美國狗也，但美國是歐洲移民的天下，這些移民瞧不起印地安人，也連帶看不上紅番土狗，所以狗蚤們也就推不出什麼美國狗，最後還是覺得美國人富有，只有貴婦狗配得上，因此也就把貴婦狗身上的蚤子請出來發表高論。

只見這貴婦狗身上的狗蚤宣言道：「本來，貴婦狗雖不如牧羊狗大，但其身上長的毛也不失爲又密又長又多。可恨，養貴婦狗的人愛在其身上剪剪裁裁，正如美國人愛搞政治，總愛在一些地方搞到犬毛不寧，做不成生意，所以，我們狗蚤也就在這貴婦狗身上見到不少禁區，不像牧羊狗身上那樣全身上下來去自由。好在，正如其他洋狗的經驗那樣，香港的潮氣濕氣搞到洋狗的身上毛病多，貴婦狗身上也然，總的來說，經驗也是：搵得富。」

西狗蚤的經驗大致如是，也終於輪到中狗蚤出來發言了。

北京狗

首先是北京狗蚤被請出來發言，只見這狗蚤長得肥肥大大，說話也似有肥豬肉梗喉，聲音帶著沙啞道：「北京狗也算得天獨厚，毛長毛多毛密，不輸給英國狗，愛被人寵養，也不敗給貴婦狗。加上這是中國的領土水土，既是道地狗，不算移民，也就多人養，好在中國人養北京狗愛當養貓看待，不愛爲牠洗澡，又不願爲牠帶藥圈，所以我們狗蚤也都在其身上六福豐登。北京狗傳說多爲官富之家的寵物，所以我們在其身上也算是權不落庶民，撈到盤滿砵滿，所以總的經驗，用一句英語，便是：那恐變！」最後三字是英語 No complaint 的北京話發言。

獅子狗

接著是中狗的獅子狗狗蚤發言：「我代表的是獅子狗狗蚤發言。如果說毛多好辦事，那麼我的中國狗主也算是不薄待我，尤其是其頭部，又大又多毛，更是豐蔭及我子孫，做狗蚤也眞該做中國獅子狗內狗蚤，所以，我也是：那恐變？再五十年也不恐其變也！」

沙皮狗

最後是輪到沙皮狗身上的狗蚤說話了，只見他說：「雖然我的主人身上不那麼幸運，毛不多不密不長，牠一向實行的是『三不』政策，在其身上撈世界，也應該計窮才是。還好，天無絕人之路，香港氣濕水濕，沙皮狗皮膚最怕潮，一潮便不衛生，又加上愛打架。我們這些狗蚤便得其不健康、愛打殺的特性。也算是打砸搶了不少。所以，經驗也是：那恐變！」

大家說完、聽完、論完，群蚤各就各位，又鑽回他們的狗身上撈世界去了。

——香港《明報》一九八八年三月二十一日

畫家與動物園

話說有一文明古國，歷代出了不少傑出的畫家，很被人欣賞，大家尤其欣賞他們的不羈個性，爲了表達他們的高風亮節，這些人不但不沾墨在宮廷文明，反而盡是寫禽呀獸呀山呀，滿肚子是山野清泉，表示他們不被政治玷污的豪情。

爲了撲滅這些野夫，這文明古國歷代統治者也的確挖盡了心思，惟圖他們的作品不能傳世，他們的人格被人唾棄。偏是這些意圖都不能得逞，反而這些人的畫在民間廣被流傳，經世不滅，年久愈盛。於是搞到統治者防不勝防，滅不勝滅，幾有計窮之勢。

人民畫家

然而這文明古國也確乎文明不滅，江山代有強人出，這一朝確也出了一個自稱叫三王五帝也低頭的皇帝之王。這大皇想了一套無產階級論，叫人不准畫無關痛癢的花呀草呀，更不該畫那牛鬼蛇神一派野生動物。並因此訂下戒律，要人只畫今朝政治蓬勃、英雄人物，並美其名曰：人民畫家。

在這大皇的戒條下，那些個性不羈的畫家確也陷入了這文明國有文明以來的最沈痛的歲月，於是他們很多人便只好封筆不畫，有人不怕死的，也都只能在夜晚躲著勾幾筆，甚至在廁所裡畫幾下，把作品深藏地下，不敢公諸於世。唯盼有朝大皇去世能重見天日時，再拿出來雅俗共賞。

山雨山晴，花開花落，轉眼已過了二十多個寒暑，大皇當眞去世了，人們以為一切黑暗將成過去，不料黑暗過去，仍是陰晴不定，在朝者仍是懾於大皇的餘威，不敢全盤否定他的戒條，雖說要實行開放政策，但心神不定，左右仍然搖擺不定。畫家也就在左右搖擺的境遇中，急不及待，有個性不羈的人，也都重又開始畫山畫水，什麼熊貓、驢子、駱駝，都無禁忌地畫它個痛快。

明禁改爲暗止

然而，在朝者畢竟也工於心計，明禁不如暗止，這時也想出了一個妙計，即採用「動物園」的政策，把這些「動物」都關起來，叫其不能在外自由自在亂闖一番。這政策的心思背後，也算政治手法高明，你們這些畫家硬要畫什麼野生動物，我明禁嘛，大家臉上不好過；不禁嘛，豈不對不起大皇開黨之恩？思前想後，終於想到要對付這批「動物」最好是用「動物園」之計。把所有這些第一流的畫家所畫的動物一概收在「動物園」裡。爲了怕人識破，或引起不滿，把這心計用美妙的言詞包裝起來，說是這些大畫家的「動物」誠屬「國寶」，既是「國寶」便由國藏，不能聽任其流傳民間，更不能叫人隨意攜帶出國。

此令一出，收畫者與畫家，都當作笑話，不以爲意，私底下，仍有不少「動物」在收畫者與畫家的合作下，逍遙法外。這一下，在朝者便只好更進一步，明令有誰敢偷運「國寶」出國者，格殺勿論。爲了怕畫家不合作，還更進一步，美其言說畫家的畫不但是國寶，連其人也是「國寶」，如此「國寶」，國家應好好將其生活的一舉一動，接什麼人，見什麼客，寫什麼畫，一一當成國魂，紀錄在案。於是這些「國寶」便在這種恩寵下，行一步有人跟，畫，筆筆有電視攝影機盯住。

形勢到了這一步，不但是畫家的「動物」進了國家「動物園」，受到國家好好「保護」，連畫家本身也都一道進了國家特設的「動物園」，受到感恩不盡的「照顧」，而在朝者也都心安理得，這些畫家一旦成了第一流時，其影響必然也都是世界級數人物，他們不好好作畫，偏是人不畫人，畫什麼禽獸、寫什麼牛鬼蛇神，如此讓他們筆下的禽獸橫行天下，文明古國還是人的世界麼？如今把他們當「國寶」收監起來，把這些「動物」安置在「動物園」裡，叫外人看不到他們的畫，也就聽不到他們的名聲，他們也就發不出什麼如獸如禽的鳴聲，在朝者也就不會落得一個「虐待動物」的臭名。

但這些畫家的個性也確實壓不住，爲了衝出牢籠，他們還經常通過種種渠道，把他們的畫送出來，眞所謂愈是「國寶」，便愈有人冒險偸運，運出後，雖不敢公開叫賣，但也還是暗盤起落。有的還通過層層約束，以種種方法親自衝出「動物園」，在外日夜趕畫，把他們的「動物」在外放生。

勁力被扼殺

儘管如此，「動物園」裡的「動物」畢竟還不是自由的動物、野生狂放的動物，因此，他們這些畫家的畫命也終於解脫不了，有人呆滯不前，有人氣餒不振。當然，由於失去了狂奔的生活，他們的勁力也都被扼殺於無形。不像西方的畫家，功力愈高，便愈是自由的世界，便愈益有其狂放創造的生命力，而他們的畫也因此像野生動物，在世界馳騁，在世界逍遙。卽使他們死了，他們的畫仍然像他們在世時的狂魂，幾個世紀之後，仍然魂魄不散，仍然整個世界去逍遙。返觀這文明古國的畫家，他們的畫，在世時受監禁，死後儘管有人流傳，但也只能在這文明古國裡，被監禁的幽魂那樣，在地下，受到潮氣小蟲的侵蝕，默默地嘆息，無影地消失！

可憐，這「動物園」裡的畫家，還有他們的可憐的畫！

——香港《明報》一九八八年四月五日

貓哭老鼠

老張一向愛閱報，也愛談論報上得來的新聞。這日，他見了我一手抓著不放，我看他的神情，不待他開嘴，便搶先問他：「又看到了什麼要聞嗎？又有什麼高論？」

他笑笑：「高論倒不敢當，要聞可當眞有。相信你也該早看到了，有人說資本主義不錯呢！還讚說資本主義不那麼快死得了，叫共產同志要了解資本主義的耐命地方。」

我說：「不錯，我也看到這則要聞，我倒很欣賞，他能看到資本主義的好處……」

讚語的背後

老張睜大眼睛，不以爲然地搶了說：「欣賞？好處？你說什麼？你到底有沒有好好考慮過他的說法？有沒有好好考慮過他說這些話的目的？」

我聽他如此聲勢凌人，也覺得自己當眞也未曾好好消化過這則要聞，於是只得支吾一番，而老張也早接下去道：「其實，這則要聞的基本觀點，絕不是說資本主義是建國強國富國的好主義，你說是嗎？」

我點點頭說：「這點應該可以肯定，不錯，他是四個堅持的共產主義者，絕不會說資本主義是好主義。」

老張說道：「既然如此，他寫那篇東西的用意，也就不外乎要他的同黨要員對付香港這個資本主義社會，不能草率，不能魯莽，更不能沒有好策劃，一句話，香港這個資本主義不是那麼好惹，不是一捉就死，一死就可以收屍的一類。」

我接口道：「雖說如此，他不也是有點讚揚資本主義也有好的一面嗎？」

老張更張大了眼，聲調也更拉高了：「讚揚？你不是開玩笑吧？照我說，讚揚絕談不上，貓哭老鼠倒是眞的。」

「貓哭老鼠？」我持著不明白的口氣。

「不是嗎？」老張勁頭仍然十足地說：「你不能不肯定這一點，他是絕不會說資本主義死不了，頂多他只會說沒那麼快死，九七之前釘不了。五十年嗎？也許仍送不了終，因此，他只能同黨老爺交代，不是他無能，而是香港這個資本主義有其耐命的地方。所以，要說讚揚嗎？頂多只能說，他讚揚的只是這傢伙好耐命，正好似貓捉到了一隻老鼠，經過了致命一擊，把老鼠從其嘴裡卸下，見老鼠仍能在地上爬行，貓便在一旁觀賞，這時貓的觀賞，也就是你說的讚揚了，否則，人怎會說貓哭老鼠？」

「你這話未免說得刻薄一點……」我說。

他是一隻好貓！

「刻薄？」老張的雙眼睜得幾乎突出來了：「我倒要你看看貓如何刻薄的一面了，依照他的領導著名的格言：不管黑貓白貓，只要會捉耗子的，便是好貓。他的確是隻好貓。自從他被送到香港來捉老鼠後，他的確是爲他的黨堅守職責，鞠躬盡瘁。每到重要關頭，他便一擊中的，正好像好貓那樣，看準了，沒有不中要害的，你要政改，他只要說聲『有人不照本子做事』，老鼠便應聲而倒；他說『三腳櫈』，辦不到，香港人的什麼民意民權都被一句話悶得窒息了。還有，他說香港有人是孤臣孽子，便立刻不少人寧願當愚孝愚忠，他說直選接受不了，立卽便有人高喊直選是誤國誤民的東西，搞到連香港的英國人也曉得說這是一丁點人的玩意，不代表人民所要的東西，總之，一貓當關，萬鼠莫敵，眼見他這隻好貓把這隻資本主義的香港緊咬在嘴裡已是全身頭軟腳軟，再也逃跑不了，他這才把老鼠放下地，轉過頭來，用其貓爪動一動老鼠，好像有意叱老鼠：你活活吧，你不能死，再來玩玩。當老鼠往前爬幾步時，他馬上又咬起來，拖開去，如此貓玩老鼠，旁觀者看來，當然好看，但處身其境的老鼠已魂飛天外了。這當兒，你只看到他玩老鼠，你不見了他致命出擊的一面，你便說他讚賞老鼠，天哪，不知天上宮闕，今夕是何年！」

我被數落一番，本想再為這點要開辯說幾句，但想想老張的說話也確是有其真確的一面，當真，每想到香港人想挽救香港人的信心，想到香港有自己港人治港的辦法時，這隻貓也確實會發出幾聲貓叫，叱得香港這隻老鼠魂飛魄散，在我印象中，他除了在不關痛癢的事情上，說幾句看來是安慰的話，但可說是全無實惠；反之，每當重要事情上，他倒是當頭痛擊，打擊唯恐不力。難怪在他這隻好貓的連聲貓叱下，香港人這幾年來的移民潮一浪高過一浪，搞到市面上也流行一句話：老鼠也移民。看來，這話出處有因，莫非當真大家心裡也看出他的貓臉貓心來了。

老張見我沈吟連連不開聲，也自收下攻勢，輕聲道：「你說我這番話刻薄嗎？」

我說：「不刻薄。」

老張這下才把雙眼調低，自行走開去。

——香港《明報》一九八八年四月二十日

禽獸也不容？

單是從毛澤東處理禽獸的問題，已可見到他處事很片面，缺乏全盤思考，甚至往往流於偏激。

幾個可笑例子

例如處理禾雀危害農作物的問題，這事存在於中國農業社會，何只千年，農民一般都知道怎樣處理，做一個稻草人在田間，或是串幾個鐵罐子繞住田間，或是差遣幾位小孩。這些都是傳統的辦法，雖不能十分有效，但也不致叫禾雀都把稻米吃個清光。但毛澤東將這事小題大做，叫農民發起運動，千人萬人，在田間敲鑼打鼓，日以繼夜，叫禾雀無處歇足，飛殘爲止。不錯，禾雀之害清除得確是徹底，但蝗蟲昆蟲之害卻應運而生，這些蟲害比之禾雀對農作物之危害更兇殘，簡直到了災難的地步。原來毛澤東的所謂害鳥運動卻引生出昆蟲之害來，平日鳥雀在自然界多以捕捉昆蟲維生，有了鳥雀，昆蟲的繁殖便受到控制，鳥雀一旦被消滅，或其生態受到極度干擾，昆蟲便得運一條龍。這點，毛澤東沒有估計到。如果他好好領導國家，好好善待科學家，做事與專家商量，相信便不會犯上這大錯。這個錯誤所付出的代價也不小，後來更搞到災荒，農業收成搞不上去，與這人爲的自然災害也有關。

除了鳥雀之外，毛澤東也非常憎惡蛇蟲，不知是否因爲他搞政治運動把人當作蟲蛇，抑或是他恨蟲蛇而把所恨的政敵也當作蟲蛇來恨？總之，不管是蛇累人，或是人累蛇，毛澤東之清除蛇蟲也是著名的，在他推動的清除害蟲運動下，蛇首當其衝。他一聲令下，那些農民也都一起下田，人人天天打蛇交差。轉眼間，當蛇被清除得差不多時，鼠患卻增加了。原來在自然界，蛇是鼠的剋星，一旦蛇去了，鼠卻來；鼠一來，農作物便大大受害。這又是毛澤東沒好好盤算所闖出來的禍。

在毛澤東的心目中，一隻貓，一條牛，或是一隻雞鴨，牠們的飼養需要不少食糧，而一斤食糧卻不能餵出一斤肉來，甚至十斤二十斤也都養不出一斤肉來，故此讓這些禽獸直接浪費糧食，而由人間接再消費牠們的肉，這實是大大浪費？加上人花費料理牠們一切的人工，更是不合經濟原則。這原本是中國歷代都有的想法，因此，歷史也有過統治者認爲肉食是一種奢侈，但以往都沒有人能像毛澤東做得那麼徹底，來一個什麼「以糧爲綱」，而其他副食物肉食類，一律歸爲奢侈食物，有人不聽從國策，便要被打入「走資派」，受到慘不可言的政治迫害。於是在這運動當前，中國成了歷史上空前不敢吃肉類的民族，間中雖有人敢偷偷養一兩隻雞鴨，也都很難幸免不被鄰居揪出來批鬥一番。在此禁肉食時代，中國人的健康，無論身心都進入一個低潮，叫人一想到無肉食便擡不起頭來，中國人原本是一個極愛食肉類的民族，孔子的名句：「三月不知肉味」，說明人在三個月裡不知肉味爲何物，已是極不幸了，何況要人長遠永久把肉食當成是禁忌的資產階級奢侈？

毛的科學氣質

上述簡單說到三個毛澤東所做下的孽：便可見到毛澤東處事相當武斷、草率，而且相當盲闖。類似這樣的錯誤，比比皆是。這些有關禽獸的處理所引生出來的災難，雖比不上那些更荒唐的錯誤（好像「人多好辦事」，鼓勵生育的事情；好像不信任知識界，把知識當成罪惡來處理），但其危害也都不淺。既然有了這些無可原諒的錯誤，而錯誤又是因爲他的狂妄、剛愎自用而造成的，作為一個頂尖兒的領導人，他必須負責這些謬誤所產生的後果，因此，他不但不能被當作是高明的領袖，不能被當作是不能被批判的領袖，反而是應該好好將他所犯的錯誤，一條條檢舉出來。不這樣做，反而稱他為神，稱他為偉大領袖，稱他為帶路人，稱他為明燈，這樣不能服人。叫人民是非顛倒，黑白不分，長此下去，共產黨的威信被一搶而光，中國的國運也會被共產政權磨爛。看來，中國人是非要好好用毛澤東自己的方法來「清算」毛澤東不可！誰阻撓這個清算，誰便要被唾棄、拉倒。

雖然中共有不少領導相信毛澤東辦事相信科學，而且常常會引用他的話說：沒有調查，沒有發言權。甚至把他的一九二七年在湖南的調查報告列為經典例子，來說明毛澤東的科學方法。

到底毛澤東一共有幾分科學的氣質：不必太多爭論，單是看他處理鳥雀蟲蛇禽獸的態度與方法，便可有明確的答案。他把馬寅初的「人口論」數落得一文不值，科學乎？他把彭德懷大將軍的「吃大鍋飯論」指為反動，科學乎？他把中國的階級分為七類，還有黑八黑九類都一概被列為鬥倒對象，科學乎？還有其他大大小小的行狀、罪狀，更與科學扯不上丁點關係，他一生到底有幾分科學的氣質，湖南的報告，當真夠科學乎？他當眞有做到身體加力行地奉行「沒有調查，就沒有發言權」嗎？我不信。中共的高幹們與他共事多年，知他更詳，更該知道他的違反科學的行爲，也該出來說眞話，不該再躲閃，否則大家還盲目堅持什麼「毛澤東思想」，那才誤國誤民呢！

清除毛澤東思想的危害，是時候了！

——香港《明報》一九八八年四月二十七日

瘋狗日記

三六九年四月二十五日：天氣特別惡劣，窗外飄著雨，心情特別壞，這都是見了雨水的關係，因爲瘋狗症又名恐水症，凡患上此症者見水必驚之故。

不要縱容劫機者

晨早見了主人起身，也懶得搖尾，他也不打個招呼，自去扭開電視，收看他的新聞節目。只見那新聞廣播還是那中東恐怖分子不顧人命要無賴的玩意，只見主人一面聽一面唸唸有詞：

「也眞拿他這班恐怖分子沒辦法，爲了救人質，科威特當局還是循他們的要求，把他們要的監犯放了算了。」

一聽這話，我登時吃了一驚，心想難道主人也瘋了，怎麼說出那麼不理智的瘋話來了？想想也不對，大概因爲主人不瘋，所以沒法了解這批騎劫飛機脅持人質的恐怖瘋子的心態，所以才會說些被我這個瘋狗聽來格格不入狗耳的話。也難怪，主人不患瘋狗症，怎知這批人的心態？以我之瘋來度這批瘋人的心，比主人之不瘋去度瘋子的瘋還要高明多了。

「劫機者又槍殺了一個人質，將其屍體拋出機外，並聲明如科威特當局不釋放他們獄中的同僚，他們將會繼續殺害人質……」電視新聞如此播著，還令人見到了那躺在機下的血屍，機上艙門則隱約見到一個冷面，雖然包了頭，但仍包不住其冷面。

主人聽了這段新聞，仍繼續唉聲嘆氣，口裡照舊唸唸有詞：「又死一個，唉，如不早把他們的同僚釋放，很快就把機上的人質殺完了……」

聽了這番話，我心裡也早說上了千萬遍：主人，主人，你不瘋，你怎知瘋人的心態，你怎能處理瘋人的問題，照我瘋狗處理瘋人的辦法，以瘋對瘋，正是對症下藥，他們這批瘋子要人麼？好，你就快快到科威特的監獄去，依他們的名單，一一將其他瘋子拉到飛機面前，正告他們機上瘋子，他們不法，你也枉法，他們膽敢殺一個人質，便立卽將他們的同僚斃其一個，再敢殺一個，再斃一個奉陪。

主人，你也許會想到，這樣做，豈不累了機上人質的生命嗎？此後坐飛機豈不更不安全嗎？

主人，主人，你若這麼想，你也眞夠不瘋，不了解瘋人心態，你膽敢以斃制斃，他們從今不能再用劫機方法去救他們被困獄中的同僚，劫機的好處也就沒了，還劫來做啥？只有每次依了他們劫機者的要求，才會繼續鼓勵他們去劫機；繼續劫機的後果，將會永遠有人成爲人質，永遠沒法令到飛機無災無難。這麼淺顯的道理還不明嗎？

但，人也當眞氣死人，這麼淺顯的道理，往往人竟然不明，一再令瘋人去劫機，一再循他們的瘋求，把前面的劫機瘋子依了後面的劫機瘋子的要脅，給放了出來，於是成了後者救前者，層層救下去，劫機者可以任殺人質不必賠命，還可安然被人當成英雄般救出來，如此下去，難怪劫機案層出不窮，永遠沒法制止！嘿，人呀人，竟能爲了一般惡人瘋人而怕得瑟縮沒策！嘿，人呀人，竟會難奈到將全人類交給幾個瘋子手上當人質，難怪人會搞出那麼多令人看到感到都要發瘋的事，如此一小撮人的瘋，不早點制止，不能制止，一些人被咬，也成了瘋子，成了瘋子的人便到處咬人，到處傳染瘋症，如此一瘋傳一瘋，初，三段相傳，後，很快便幾何級數地傳下去，人還有不瘋的人？

看來，我這瘋狗症可能也是由於人瘋症衍生傳下來的，當然，該叫瘋人症才是，怎麼叫瘋狗症呢？荒謬，想到這一層，身上的瘋症又快要發作了，非要咬人不可，看誰是下一個傳人？

李鵬太早說話

三六九年四月二十六日：這日又是陰雨綿綿，香港天氣就是這麼不利瘋狗症患者，患上這恐水症，偏是雨水打狗而來，怎不令狗發瘋？

中午，主人拉了他的友好回來吃飯，甫坐定，兩人便談起李鵬親自出面出口支持巴解爲瓦齊爾之被殺害而大力譴責殺手，主人說他不明李鵬爲何將中國捲入這個是非地，主人說瓦齊爾被誰所殺，不能判斷，就不能知道他該不該死，何況瓦齊爾是巴解的副總指揮，巴解在中東的許多騎劫案件，又謀殺又暗殺更綁票，同時還策劃過無數次四出在歐洲各地打殺猶太人的事，他的惡也做過不少了，殺人者，人常殺之。如此複雜的人物，主人說李鵬這麼早便說話，實在不智，有誰敢斷言這不是回教徒內部瘋子幹出來的瘋事，李鵬這麼快便說了話，豈不叫人相信這是以色列政府幹的惡劣？

主人的朋友說這極有可能是以色列幹的，主人說也有可能是巴解內部權力鬥爭，更也有可能是回教徒內部不同派系互相廝殺。兩人如此一來一往，始終不能解決李鵬該不該爲瓦齊爾被殺而說話的問題。兩人的說話終又刺激到我血液裡的瘋狗症了，照我說，李鵬無論如何，不管什麼情況，都不該理會中東的任何暗殺槍殺明殺掃殺事件，那裡早是瘋狗症候群地帶，一條瘋狗咬了另一條，另一條帶著這菌，又咬了另一條，另一條又咬了另一條，如此輾轉咬下去，被咬的有了瘋菌，再用瘋菌咬人，瘋人咬瘋人，怪瘋人不該咬人，豈不叫他白白承受瘋人一咬？這辦不到，所以患上瘋狗症者非要咬人不可，道理在此。明乎此，我心裡也就早對我的主人與其朋友說上千百次，要他們不必爲李鵬該不該說話的道理而爭辯不休。

——香港《明報》一九八八年五月五日

瘋狗日記續篇（上）

三六九年四月二十九日：太陽大大高掛天空，有人又要歌頌「紅太陽」了。

晨早見主人閱報，走過去搖搖尾巴，沒反應，用身體貼住他，也沒反應，正想用頭擱在他的報紙上，赫然竟見到有人抨擊他的文章〈狗・老鼠・毛澤東〉，說他的文章犯上荒誕的邏輯。

罵人的勇氣

劉先生說鄭赤琰「身居英國人管治下的香港」去罵毛澤東，「自是輕而易舉」，不算有勇氣，這話到底是罵鄭赤琰呢？還是罵毛澤東？抑或是罵中共？或者是讚英國人？照你劉先生的說法，鄭赤琰敢在毛澤東在世時，或者敢在中國提出那樣的文章，便會立卽沒命！劉先生這番話，叫人想起英國人當年能容許馬克斯留在英國寫他革英國資本主義的命的文章，鄭赤琰也只能身居英國人管治下的香港去寫中國，不能在中國寫？嗚乎，劉先生，你到底想罵中國？抑或想擡高英國？說到鄭赤琰的勇氣，有限，但劉先生的勇氣不會比他的大。不是嗎？在此時此地，中共已指日收回香港。很多人已早奉承中共大員唯恐來不及，此時此地維護毛澤東、歌頌毛澤東，不但比批判毛更輕而易舉，而且是有功去受祿呢！不是嗎，中共四個堅持，劉先生便在此大罵批判毛澤東思想的人；劉先生舞劍，志在什麼？

劉先生說鄭赤琰的邏輯荒誕。他說：「在朝鮮戰場上，如果毛澤東眞如你所言的想引美軍進侵中國，爲什麼不命令志願軍往鴨綠江前線敗回中國東北境內來，卻發動連番攻勢，把美國人從鴨綠江邊逼回三八線，並迫使美國人坐到談判席上簽訂停戰協定？」、「在越南戰場上，如果毛澤東如你所斷言的想再度引起美軍進侵中國，卻爲什麼援助越南人越過十七度……」這段劉先生的文字，看來好似提到了鄭赤琰的荒誕邏輯，因爲劉先生說美軍到底並沒進入中國，不但如此，毛澤東還派軍到韓國境內去發動攻勢。在韓國打，沒在中國打，所以劉先生說毛澤東沒引誘美軍。所以劉先生便一口咬定鄭赤琰的「引誘論」是荒誕的邏輯。

劉先生的文章一再強調尊重歷史事實，但卻一再把重要的歷史掩蓋起來，劉先生說韓越兩戰，「是美國經營兩場局部戰爭的戰場，恰在中國的一南一北，項莊舞劍，其戰略意義實際上超過了戰場的直接範圍。」不錯，項莊舞劍，志在毛公。但把戰爭的責任全推給美國，而把北韓、北越的首先發動殲滅南方政敵的戰爭不提，硬是說成美國在中國南北「經營」兩場局部戰爭，在此，劉先生巧妙地用「經營」兩字，看來美國才是啓戰的罪魁，把北韓、北越的發動戰爭一事，輕易加以掩蓋。這豈不是變成美國在背後直接指使了北韓打南韓？北越打南越？不錯，北越打南越不能說與美國沒關，但也無可否認，卽使沒有美國介入，北越也照樣會革南方政權的命。當年北韓首先發動攻打南韓政權，也不能說與美國無關，但絕不能說沒有美國介入，北韓便不會幹掉南方政權。所以，不說歷史事實則已，要說便一定要指出這兩場戰爭不能只說是由美國經營來打中國的，更不能說毛澤東是被動而全無主動可言。

毛是主動還是被動？

談到毛澤東是被動抑或是主動的問題，劉先生要不是對這段歷史有意偏差，便是不甚了了，劉先生要人「注意不是毛澤東要引美國進侵中國，而是麥克阿瑟想進侵中國」。如果劉先生忠於歷史，你敢否認毛澤東在麥克阿瑟兵臨鴨綠江之前，沒有派出一兵一卒到韓國去打伕？毛澤東常常愛在世界面前公開說騙話，他說他之所以派出「志願軍」抗美援朝，是因爲美國迫得中國出兵，但中國的軍人不少都知道，毛澤東在公開派出志願軍之前，早已送人到韓國去參戰，混身在北韓軍隊。當然，指出這點，不是說毛有沒有權這麼做，也不在於說他做得對不對。但劉先生只公開說只是美國迫毛到韓國去作戰，毛是被動，沒有主動權，那是不忠於歷史。他大可不派兵到韓國去，蘇聯有選擇不派兵的機會，毛澤東也該有。但毛派了，麥也打得瘋狂起來，要進入中國。這是歷史事實。但當時決定進不進侵中國，不是由麥狂人決定，而是由美國總統杜魯門決定，杜決定不能進侵中國，麥狂人還堅持不聽命令，後來還因此被美國總統從戰場上撤職調回美國，杜麥之爭，是舉世轟動的事，劉先生偏不提杜魯門下令不准進犯中國領土的歷史事實，偏是將麥狂人的狂行擺成唯一歷史事實。不錯，如果麥狂人有最終決策權，他早就進犯毛澤東的天下了。談到這點，大家也就很可理解，如果美國總統換作麥狂人，毛澤東早把美軍引入中國了。而且在中國轟下原子彈、氫氣彈也都不奇怪。毛澤東之所以不曾眞正引美軍進中國，不是他沒「引誘」，而是杜魯門堅持不進軍中國。

在越南的情況也如此，毛曾公開說中共不曾派出一兵一卒到越南去，但去過那裡打仗的解放軍後來定居到香港來的人都知道毛澤東這些謊言。最近中國的領導人與越共決裂時也自爆內情說奠邊府一役是由中共大員實地親身策劃的，最高援越人員也曾達到三十萬之多。這些情報美國也早掌握到，要是美國的政權也像中共那樣由毛獨掌，只放在杜勒斯那樣的狂人手上，相信美軍早揮軍越過十七度。但美國政權不是持在少數一兩人手上，而且不在狂人之手，所以一直也都聽由中國人介入，他自抑制不進犯中國本土，甚至不轟炸接近中國的邊界地區。因爲美國總統知道，一旦直接犯上中共，勢必觸發世界大戰。他們深知賠不起這個代價，所以只用圍堵政策，把戰爭局部化，不是世界化。所以，歷史的事實，毛確是進兵到兩個戰場上去打美國，這算不算引美？不能因美國不曾被引而加以否定的。

戰爭是鬥爭的一種

劉先生還指鄭赤琰在毛澤東著作中提到一篇〈丟掉幻想，準備鬥爭〉的文章，以此來砌毛的生豬肉。還指鄭赤琰作爲大學講師，「也那麼讀書不求甚解麼」？竟然連「鬥爭」這個概念並不等於「戰爭」也不解。

不錯，「鬥爭」的概念不等於「戰爭」，但劉先生敢否認「戰爭」是「鬥爭」的其中一個形式麼？不錯，共產黨人慣在口上掛著「鬥爭」，但共產黨人也都會知道，鬥爭採用什麼形式則取決於什麼「矛盾」對立。矛盾有多種，有人民內部的矛盾，有階級之間的矛盾，有敵我的矛盾，有資產階級與無產階級之間的矛盾，有帝國主義與反帝國主義之間的矛盾。總之，在毛澤東或列寧的文章中，隨處都可談到有關這種矛盾對立的闡釋。

——香港《明報》一九八八年五月十六日

瘋狗日記續篇（下）

但爲什麼鄭赤琰引用〈丟掉幻想，準備鬥爭〉一文，原因是該文直接涉及美國，而美國在這時的毛澤東心目中，已是最兇悍的帝國主義者，帝國的美國與反帝國的中國，兩者的矛盾是不是可以採用非戰爭的鬥爭形式來解決？或者一定不是用「戰爭」的「鬥爭」形式來解決？這個答案，何止在《毛選集》裡說上千百次，這裡且順手引用《毛選》第一卷裡的〈矛盾論〉一段文字，讓毛澤東自己去開解劉先生，毛在〈矛盾論〉第六節裡一開頭便說：「在矛盾的鬥爭裡的問題中，包含著對抗是什麼的問題。我們回答道：對抗是矛盾鬥爭的一種形式，而不是矛盾鬥爭的一切形式。……剝削階級和被剝削階級之間的矛盾，無論在奴隸社會也好，封建社會也好，資本主義也好，互相矛盾著的兩個階級，長期地並存於一個社會中，它們互相鬥爭著，但要待兩階級的矛盾發展到了一定的階段的時候，雙方才取外部對抗的形式，發展爲革命，階級社會中，由和平向戰爭的轉化，也是如此。」接著毛更明白寫出：「認識這種情形，極爲重要。它使我們懂得，在階級社會中，革命和革命戰爭是不可避免的，捨此不能完成社會發展的飛躍，不能推翻反動的統治階級，而使人民獲得政權。共產黨人必須揭露反動派所謂社會革命是不必要的和不可能的等等欺騙的宣傳，堅持馬克斯列寧主義的社會革命論，使人民懂得，這不但是完全必要的，而且是完全可能的，整個人類的歷史和蘇聯的勝利，都證明了這個科學的眞理。」

毛有意與美建交

劉先生說毛澤東〈丢掉幻想，準備鬥爭〉那篇文章只是想喚醒那些「觀望觀望」的人。實不知毛在打下南京時，曾派黃華去見美國大使司徒雷登，企圖通過司徒雷登傳達毛的訊息，要美國承認中共的政權，當黃司兩人見面時，中共雖打下南京，但美國大使館仍未搬走，留著的意思，可能會有外交的突破。根據加拿大大使所揭露，這時的毛確有意欲與美建交，而司徒也設法影響華盛頓繼續讓他留在南京，但後來蘇聯在東歐的擴張加強了華盛頓的反共情緒，司徒被召回，意味建交希望落空。這時的毛也立即加強了其反帝情緒，在《毛選》第四集最後五篇包括〈丟掉幻想，準備鬥爭〉，便是他一面倒向蘇聯的心路歷程的告白，與美和解落空，便只好倒向蘇聯。在這五篇文章中，包括注解，痛數了美帝侵華。不錯，除這次外，毛曾多次希望爭取美國接受中共，最明顯的一次，是他曾建議由他親自到華盛頓去見羅斯福，不成。在第二次世界大戰結束前，美大使館雖由重慶派出十六位人員去延安了解中共。這十六人後來都極力勸華盛頓對中共採取中立的態度，又不成。從這段時間一直到毛去莫斯科之間的歷史，中共與美國的關係由毛企圖爭取華盛頓到美國麥克阿瑟得勢加害同情中共的美國官員，當然令到毛失望與憤怒。但即使毛企圖與美修好，也只是基於「鬥爭」的一種形式，在毛的思想理論上，與帝國主義的戰爭是不可避免的，否則人民不能奪得政權。

全民抗日與游隊抗日

最後，談到游擊隊戰術的問題，劉先生把抗日戰爭的勝利完全歸功於毛：「幸好當年中國發動全民戰爭，使日本侵略者陷入泥足，否則恐怕等不到八年抗戰勝利，中國已經淪亡，整個亞洲與世界的風雲也將大變。」

在劉先生指責鄭赤琰有關游擊戰術的一段文字裡，劉先生用的是文革時的一套思想方式，鄭赤琰的文章根本沒講到抗日戰爭，劉先生把鄭赤琰拉進去，然後用反人民、反民族的大漢奸來處死鄭赤琰，且看劉先生怎樣指罪鄭赤琰：「四十多年過去了，連日本軍國主義分子，也還沒有一個膽敢肆無忌憚地辯說他們當年侵華施行的慘無人道的三光政策是正當的，卻料不到，到八十年代的中國人，竟然有一位身為大學講師的同情者站出來，為日本人的搶光燒光殺光政策辯護。」在此，劉先生先把抗日戰爭的勝利全功列入毛澤東的游擊戰術的功效，確定了他自己這個假設後，然後便指鄭赤琰否定毛的游擊戰術，是反人民、反民族，是通日的漢奸。劉先生顛倒歷史黑白的勇氣眞是到了光天化日去「打砸搶」的地步。在此且指出劉先生的荒誕，日本人進侵中國的東北進行三光政策，毛澤東還在飽受黨內鬥爭自困，日本打到上海南京，大肆屠殺中國人民也與毛的抗日風馬牛不相及，怎麼說這些日本的戰犯行徑扯到毛澤東的游擊戰去了，再說「全民抗日」竟與「游擊隊抗日」等同起來，說中國人的「全民抗日」就是毛澤東的「游隊抗日」，多荒誕、狂妄的神話毛澤東行徑！毛澤東的游擊隊抗日也只在有限度地進行，除他之外還有中國前線的軍民，還有東南亞的各族人民，還有抗日聯軍，更還有投下日本的二個原子彈，這些抗日力量與功績，竟然被劉先生光天化日下自動轉賬到毛澤東的私人戶口裡去了。

再說劉先生神化游擊戰術，將這當作唯一人民翻身的法術，也是好荒誕的。好似捨此無法爭取人民翻身，無法反擊民族主義、帝國主義似的，於是當鄭赤琰指出游擊戰術在越南搞到禍國殃民時，劉先生便硬指鄭赤琰要全國人民任人宰割，永遠不要翻身。提醒劉先生除了游擊戰術之外，仍有萬千的鬥爭方式可以爭取民族獨立、人民翻身。全世界反殖民地的鬥爭方式林林總總，由甘地的不合作運動到毛澤東的游擊戰術，兩個極端之中仍有許多方法。但總結經驗，毛澤東的方法付出的代價非常艱鉅，有沒這必要?是個問題，硬指只有這鬥爭方式才能使人民眞正翻身，否則便是假翻身、假獨立、假反殖、假反帝。那是極端主義的想法。

——香港《明報》一九八八年五月十七日

狗為何要吠？

九月二十七日晚，聽了新聞過後，出來放狗，碰上了芳鄰朱兄，我的狗梅梅馬上吠個不停，待我制止了梅梅，朱兄走上前來，劈頭便問我道：「狗爲什麼要吠？」

狗看了人便吠

狗爲何要吠？這問題看似簡單，而且也極平常的，但是，就是因爲簡單而見慣，往往就不注意去理解，所以我一時也答不上來，只是支吾一陣，一面思索著狗爲何要吠的道理：

「我想……我想因爲看了人，所以便吠吧！」

「我明白，看了人，狗便吠，可是爲什麼要吠呢？」朱先生追問下來。

「嚇，這問題有趣，我倒沒想過，爲什麼見了人便要吠呢？」我一面如此搭腔，一面也閃電般思索了這個問題的答案。吠是爲了狗自己看到了人有什麼不妥嗎？所以要吠嗎？可是事實偏又不是隻隻狗看了個個人都吠呀！可見狗看到了人的不妥而吠的道理不能成立。於是我又閃電般想到，我家養了兩隻狗，其一見了人便吠個不停，另一隻卻不如此。可見同是見了人，一個愛吠，一個不吠，不妥的，當不是人，而是那隻吠的狗才是，否則該當兩隻都吠才是。想到了這道理，我覺得通，便道：

「我想狗看到人要吠，是因爲狗本身有問題，不是被吠的人有問題。」

「我還是不明白，你說狗本身有問題，所以要吠。那又是什麼問題？」

我被朱先生如此緊迫追問下來，於是又火速想解答這個問題，於是我又想到梅梅見了人愛吠的原因，這大概與牠愛得到主人寵愛有關吧！想到這一層，我馬上便有話說了：

「我想狗見了人要吠，問題既不一定出在被吠的人身上，那便是狗本身有問題，就好比我這隻梅梅，平日見了人總愛吠，因爲牠平日太急切於想得到主人的愛寵，所以見了人，也不理有什麼妥與不妥，以爲吠了主人便高興，可見狗吠人，往往是爲己，用吠聲去爭取主人的青睞也！」

狗並非爲主人而吠

「這樣說來，狗吠人是爲牠自己，不一定是爲主人而吠，爲其自身利害關係，想得到主人的愛寵而吠了！」說罷，朱兄接著哈哈一聲，重又問道：「這麼說來，狗倒要比人聰明了，狗吠人是爲其本身利益而吠，用吠去討好主人，而人竟以爲狗吠人是爲主人利益，所以往往人竟有笨到以爲狗是爲主人，殊不知牠是爲自己。」

我聽了也立即想到另一個問題，主人之所以愛寵愛吠的狗，也不是因爲被狗矇騙，而是養狗的人，一般都是像當政者那樣，愈覺得 insecure 便愈要委任多幾個識得惡的人圍在他身邊，這不一定是惡的人一定惡得有料，惡得有影無影不是問題，而是主人可以利用這些狗的吠聲，助助威，也勁一點。這叫做人狗互相利用，不一定是養狗的人笨到狗吠爲己不爲人的道理也不懂，我想到這層，正想告訴朱兄，他早先我而又說道：

「狗也的確會吠聲吠影，往往自己編造些是是非非的事物，自己亂吠一通，自己製造身價，把無的東西吠得有形有影，叫人相信牠是衛護主人的利益，原來牠不過是爲著要主人養牠帶牠而已，難怪中國人愛把狗作賤爲『走狗』。」

一聽到朱兄說到走狗，我立即又閃電般想到另一個問題，主人與狗是一對拍檔，好的主人，必然會制約其狗不能無中生有，吠聲吠影，人無不妥，主人更應該立刻制止其狗不能亂吠，甚至亂咬人。否則，主人與狗都要被人罵在一塊，通常狗之所以成爲人的「走狗」，關鍵還在人會不會制約其狗，在不妥善主人手中，狗益形囂張，那時便顯得「走狗」形象，被人唾棄了。我想到了這一層，正又想說話時，朱兄也口快道：

「我是聽說，狗的耳朵特別敏感，小小的聲音也都忍受不了，尤其在夜間，連小小生物的唧叫聲，狗都忍受不了，總要引頸長聲高吠，這到底又是什麼道理？」

哈，這問題倒簡單易答，於是我首次不假思索道：「不錯，狗耳構造對聲音特別敏感，小小的聲音、頻率愈高的聲音，狗愈是忍受不了，總要長聲狂吠不停，因爲這樣牠們便會覺得舒服，因爲牠的吠聲往往要把這些聲音壓下去，聽不到其他聲音，只有牠的聲音，牠的耳朵便清靜了。」

朱兄不待我說完，又道：「聽說狗耳朵太敏感，眼倒是不太行，所以狗往往不靠眼睛把事物搞清楚，只靠聽覺與嗅覺，聽覺既太敏感而不可靠，嗅覺也太敏感太容易被其他雜味擾亂，所以狗也終於只變得不靠眼睛去看清事物眞相，只靠耳朵與鼻子，所以才會有楊朱早上出門到晚上回來時，他的狗竟然認不出是楊朱的事發生。」

我聽了朱兄這番話，也終於又想到狗爲何要吠的另一個道理來，因爲牠的眼睛先天視覺差，只靠耳鼻，加上耳鼻特別敏感，所以便愛吠狂吠，吠聲吠影。

——香港《明報》一九八八年十月十日

狗尾巴

人慣言：一樣米吃出百樣人！以爲好值得慨嘆。照我說：一樣狗餒吃出百樣狗！那才眞正値得人慨嘆。人也常慨嘆：上帝造人，也眞夠勁，紅、橙、黃、綠、藍、靛、紫，七種顏色，幾乎都被用上了。但，如要講上帝的勁野，人這個傑作，還夠不上。上帝造狗，那才夠勁，不但顏色花樣多多，勝出人的花樣十倍有餘。就是手腳耳鼻嘴的花樣，更是人所莫及。更勁的，單是一條尾巴，便是聖人也長不出來。難怪孔子有一回在陳蔡被圍困時，臨危慨嘆道：「吾道孤就孤在不叫人像狗那樣長出一條尾巴來！」（此話不見於《論語》，蓋孔子曾再三告誡其子弟非禮莫言，所以其學生便漏下這句話，怕有失禮於人也。）

所以要談群狗相，一定不能不先談狗的尾巴。

狗尾巴耐人尋味

狗的尾巴也的確耐人尋味，有的長得長長的，一般都懂得「適可而止」，不長不短，搖起來讓人看得見他搖尾便算了。唯獨有些狗不知什麼叫「禮滅」（英文的limit也），把一條尾巴長得拖在地上，還長滿了毛，如此做法，善則善矣，搖起來讓主人看得一清二楚，彷彿怕主人忽視了他的忠心似的，但這些長尾狗，只曉得長長尾巴去討好其主人，卻不曉得長長尾巴之累，長尾巴之令人討厭。不是嗎？拖在地上的長尾巴，又髒又難處理，搖起來污穢得令人避之唯恐不及，更何況狗失威的時候，捲著尾巴跑，那種狼狽相，可又曾想到「早知今日，何必當初」，當初不把這條尾巴誇大，也不致今日的狼狽相被突出來。更好笑的，有些狗平日拖著大尾巴，用不上的時候，不知如何處理，索性就塞到屁股下，有的便豎起旗杆那樣，猴不像猴，狗不像狗。有的尾巴長還不算數，還在尾巴上想盡心思，這裡那裡點綴一些不必要的顏色。例如英國的牧羊狗，尾尖還點上白色，豎起來時，好像扯上白旗。迷信的人，一定會說，難怪英國的帝國民在全世界潰退下來，原來代表英國的狗「埼哩」（英文collie也）先豎了白旗也！

也大抵因爲長了尾巴有不少麻煩，所以有些狗比較懂得藏拙，索性連尾巴也退化掉，只剩下短短一截，好似有意要叫這尾巴搖不出花樣來。這種狗，也最危險，因爲人見不到牠的尾巴的動向，不知牠的脾氣如何走勢，有尾巴的狗，起碼可以從其尾巴看出狗的動靜，怒時豎起狗尾，友善時搖搖尾，怕時縮起狗尾，但沒有尾巴的狗可難以估計。所以人之所以怕「多把門」，不是因爲牠會咬死人，而是因爲牠不長尾巴，好似人之不苟言笑，城府很深，老謀深算之徒，叫人防不勝防，精神緊張，那才難過。

「狗觀」華、洋有別

中國人的社會一向對狗尾巴沒有好感，不，簡直到了厭惡的程度。這種心理的養成，大抵是因爲不屑有些人沒有骨氣、奴才相，甚至奴顏婢膝，無必要地過分奉承有權勢的人，做他們的尾巴。大抵是因爲不屑見到這種人之搖尾乞憐好比狗，所以連狗也一併瞧低瞧賤了。更有的人因爲嫌自己的狗太愛搖尾巴，往往把狗的尾巴給砍掉，希望狗從此可以少點奴才相。這種砍狗尾巴的現象，往往也可看出中國人養狗最討厭狗毫無原則，到處逢迎。如果砍了尾巴之後，狗仍然逢人便迎，狗主人往往便要進一步連狗頭也給砍掉，可見中國人之不喜歡狗之搖尾巴，已到了極限。

反之，洋人養狗一般則不喜歡其狗太怯生，喜歡見到自己的狗搖尾，這樣他們便可以任意要狗陪在自己身邊。否則他們便會因爲自己的狗太兇而忐忑不安，因爲咬到人，主人多少要負一些法律責任，這是洋人在其自己國度如此，蓋其法治太嚴，保人多過保狗。反之，一些住到外國來的洋人，大抵因爲對外族人沒有信心，往往一反常態，喜歡養一些兇的狗，而且往往喜歡養沒尾巴的「多把門」，狗與主人同是顯得威嚴不可侵犯。這種心態，與其說他們養狗來保護他們自身安全，倒不如說，他們深知除了他們自己洋人的社會，又有那個社會保人多過保狗？也難怪出了自己國度的洋人往往喜愛養狗，愛養又兇又愛咬人的狗，因爲他們的狗咬了人，他不必負什麼法律責任。他的狗又不必挨上「人道毀滅」之處分。

有關狗尾巴，還可以看出一個群狗相，這便是人常議論的，到底是「狗搖尾巴」，抑或是「尾巴搖狗」，這狗相實可以作兩邊看，如果狗比主人兇，妄自生是非，便是「尾巴搖狗」。反之，狗只聽從主人意願做事，不妄自生是非，那便是正統的「狗搖尾巴」。

狗搖不搖尾巴是不是天性問題，也經常是個公案。其實，養狗人都明白，要狗尾巴僵化，善策便是搭個「小閣子」，把狗請進去，把其關得牢牢地，正如政治上，那些入了閣的政客那樣，被關得牢牢地，非要誓死維護其政權，非要把圓的說成方不可。狗也然，入了閣子的狗，很少尾巴不僵化的。

——香港《明報》一九八八年十月二十四日

狗腿

正如狗尾巴那樣，造物者也眞費心思，把狗腿塑造得那麼有形象，那麼多的花樣。有的長腳善跑，有的短腳善爬，有的不長不短，善跳，有的狗腿肥碩，好似練武的打手，有的則纖細無肉，好似人的刻薄相，有的狗腿長毛，看不出其「內涵」，更有的狗腿前長後短，是十足的獵狗型格，也有前短後長，是「仰人鼻息」之相。總之，狗腿群相，林林總總，描不勝描。

狗的天性

但不管狗腿長短肥瘦，倒也有個共同點，那便是一律愛跑，人們看準了狗這個愛跑腿的天性，因此養了這些狗來做各種各類的跑腿。據說在人類早期通訊辦法仍非常落後時，往往用狗來傳訊，尤其是戰場上的通訊犬，更是第一流的跑腿。正如毛澤東慣說的：凡敵人最愛的，便是我最恨的。狗一旦當上了人的跑腿，人又永恒地互相作敵，因此狗腿總是順得哥來失嫂意，在人的話語中成了惡毒的詞句。甚至有寓意家蓄意將狗腿刻畫得狼狽不堪，比如說雄狗擡腿方便的寓言，便是有意諷刺狗腿。這寓言大意謂：古時有交戰兩國，甲國善養狗做狗腿，其狗尤善於作傳訊使者，乙國每因對方有狗作傳訊而失利，恨之入骨，每當截獲此輩狗腿，便斷其後腿，棄之於荒野，原以為此輩休矣。然甲國有神匠手，用泥為此輩做義腿，蓋泥作之腿，經不起尿泡也，此輩承囑，終又穿刺在戰場上，做人跑腿，每遇內急，便擡腿解急，狗腿得告無恙。

狗腿群相雖異，除了愛當跑腿之共同性外，仍有一個共同點，那便是凡狗腿都長出爪來。這個爪也與一般動物腳爪一樣，鋒利與狗牙相類。所以往往與狗牙並稱為「爪牙」，因為有此武器，狗腿也就不是跑腿那麼簡單，撲向人時，便以利爪先攻，後以牙咬。難怪人慣稱這些狗腿為人的「爪牙」，因為狗腿仍被人牽著時，憑主人威，往往顯得更兇惡，張牙舞爪，十足「爪牙」相也。

狗護爪之策

雖所謂「上天有好生之德」，其實也有「好殺之德」，狗既善於當跑腿，而且腿上又長爪，看來眞是上天有意「助桀爲虐」了。其實不然，狗爪雖鋒利，但在狗愛當跑腿的情況下，往往因愛跑而把其爪磨掉了，然狗腿也有善策自護其爪。君不見那些狗往往不愛跑正道，走歪路，尤其不愛走人愛走的水泥路、石子路、硬泥路，總之，是人愛走慣走的路，狗都不愛走，非走不可時，也都走得很勉強，躡手躡腳，蓋怕磨掉其利爪也。

狗腿既然愛跑，而且跑得勤快，跑起來的樣子，威是威矣！但威得一時，也難威得一世，跑得快、跑得勤的狗，總難免失腳的時候，狗的失腳，不像馬的失腳，馬是自失其腳，狗因爲不愛跑正路，跑歪路，而碰上石頭木頭之類的硬物，被絆倒的失腳。這種情形慣不慣見？慣，因爲走狗們走起來，只知有東西要追，不知有東西絆腳，一旦快跑摔下來，便難免不受斷腿之禍，在群狗腿中，最愛跑、跑得勤、跑得快的，當推英國的「牧羊狗」。這狗是第一流的牧羊材料，人常道「伯樂識馬」，豈不曉得英人之識狗，也是舉世無雙，正如英人之識得玩政治遊戲那樣，全世界去建立殖民地，全世界去發掘「人才」，爲其羅致的「人才」，也是舉世聞名。雖然其帝國已是「煙消雲滅」，但其所發掘過的「人才」，無論在印度、在巴基斯坦、在尼泊爾，或在中國，都還「膾炙人口」。英人之識狗，也都一樣「膾炙人口」。君不見當今之世，全世界都豢養「牧羊狗」麼？據說這牧羊狗的特點便是跑得勤快，而且專門識得向羊「後門」進擊，其長嘴往羊「後門」一推，羊兒便非要往農場大門擠進去不可。既愛跑，又懂得羊的弱點，這正是英人的強處，識得牧羊狗有這專長，而且派上這差事，叫牧羊狗發揮其專長，這與伯樂識得誰是千里馬，不相伯仲。

牧羊狗腿最易折斷

但牧羊狗也有一個致命傷，那便是牠的狗腿纖細，容易折斷。全世界如要問那種狗腿最脆弱？當推牧羊狗，也眞是天妒「英才」？或是「天懲狗腿」？無論怎麼說，這牧羊狗的腿任由英人再識狗，也無法挽救這天生奇材的牧羊狗腿，斷了狗腿的牧羊狗命運又如何？是不是也像馬斷了腿的下場那樣要被「人道處理」掉？無可置疑，英人一向講求理性，不講感情，正如其玩政治遊戲那樣，也一向講理性，不講感情，否則，全世界那麼多殖民地，那麼多被他栽培出來的「人才」，如果人人都跟著英人撤退回到英國去，豈不要搞到英格蘭無地可企？英人之處理斷腿的牧羊狗也然，只講理性，斷腿無實用價值，如一一留著乾吃「牛扒」，他自己還有「牛扒」可啖？所以也都和其處理斷了腿的殖民地那樣，無人情可商量，他的屋子不能留斷了腿的牧羊狗。

如果問狗腿爲何會折斷？我想這也和造物有意戲弄有關，因爲造物既造了狗腿善跑，偏又只把狗腿造得「只抝入，不抝出」，好似人之專奉侍其主，說主人話，可以不說道理，狗腿一旦碰上硬物，只知「抝入」不知「抝出」的結果，便要惹禍上腿了。

——香港《明報》一九八八年十月三十一日

狗嘴

人慣道，眼睛是靈魂之窗，意思是要看到靈魂的眞面目，可以從這窗口看得一目了然，然則嘴巴又是靈魂的什麼通道？我想，最恰當的，應該叫做「靈魂的波道」，正如廣播電臺電視臺那樣，都有一定的發射波道，要聽到看到電臺電視臺的形象，可以從這些波道看得一目了然。電臺電視臺的靈魂如何？會不會黑的說成白？會不會白的塗成黑？人家靜坐抗議他會不會說成準備暴動？千人的集會，會不會說成百零人？會不會提著廣播工具去奉承權勢？會不會歪曲事實去討好權貴等等行動，都會一一在這波道發射出來，讓人一清二楚，看到其靈魂的眞正形象！

狗嘴也正如此，一條狗的靈魂，也都在這些狗嘴裡表露無遺。就以狗嘴的相貌來看，狗嘴有醜陋的，整個嘴巴塌進去，牙齒射出來，好似象徵著這隻狗曾經做過不少壞事給人打塌了嘴，打凸了牙。或者是坊間鄰眾慣說的，這種人前世作惡，所以今世搞到這個相貌。與塌嘴凸牙相反的，也有些狗長得嘴長鼻長，好似朱元璋的相貌，臉上的肉都給長嘴拉長了，顯得整副嘴臉無肉，是個刻薄、陰險、小器兇狠、敏感之相。這種相貌的狗，若當起政來，也都十足會是朱元璋一類。也有些狗嘴長得肥大而圓，係個大肉包，兩頰還肥垂欲墜，這種嘴型，像個頭大唇厚嘴大的人相，這種相貌的狗吠聲沈渾，也愛吠，養狗人喜養這類嘴臉的狗，因爲這種狗卽使不咬得也看得，何況吠起來也夠嚇人的。也有一種狗嘴長得尖尖的，牙齒也利，是十足的嘴尖牙利，這種嘴臉的狗也當眞像人之嘴尖牙利形象，多是非，也能言善道，識得討好主人，容易被訓練，叫其吠便吠，叫其發出什麼聲音，牠便照做如儀。如果狗也有什麼「立法議會」，委任這樣的狗進入議會最恰當不過，因爲牠們之「黑而利串聯部」(highly trainable)，叫牠把圓說成方，把黑白顚倒，是非不分，樣樣皆可以練得到，樣樣都可學精，是狗中嘴尖牙利者。

狗嘴形象旣如此，狗嘴實象又如何？首先倒要認眞認識狗牙。人之所以怕狗，就是怕了這副狗牙，尤其是當門的一對又長又尖的「犬牙」。本來，人也有一副「犬牙」，但人因爲進化了、文明了、不野蠻了，所以其天生代表野蠻的「犬牙」已退化了，與其他牙齒相比，已不再長得那麼突出。偏是這群狗，雖與人共居，受人驅遣差使，但卻沾不上人的文明，其

「犬牙」還是死不退化。而人也算是夠惡劣，自己知道如何退化其「犬牙」，偏又養著不肯退化其「犬牙」的群狗，叫狗與人共居同處，叫狗用其「犬牙」來咬人，如果說人有何自滅的弱點，這該是人無可救藥的弱點。不是麼？狗不肯退化眞「犬牙」的結果，不但自咬而且咬人，把瘋狗症因此傳開去。據說當人類仍未發現藥物醫治瘋狗症時，曾一度幾乎被那瘋狗症搞到絕人，而這瘋狗症也的確夠瘋，因狗咬狗，到狗咬人，然後再由人咬狗，甚至人咬人，被咬的被染上了絕症，再由被咬的再去咬人，如此傳染下去，「犬牙」之爲害，也實在唬人呢！難怪人一向厭惡狗牙。有句話：狗嘴長不出象牙來，便是最好的說白。

話又說回來，狗雖有長短圓方不同的嘴臉，但其狗牙卻不因嘴型而有別。長嘴有「犬牙」，圓嘴有，方嘴也有，短嘴也一樣不缺少。當然，嘴長的，一般口開得大，能發揮物理的槓桿原理，咬起來也有力；至於圓嘴的，由於其骨骼粗，牙蓋骨大，牙齒也相對粗大有力，咬起來也不輸到那裡去。尖嘴的，雖然嘴小牙小，但這樣的狗也有其生存之道，識得用不同的戰略咬法，也一樣發揮其牙功。這樣的狗一下嘴，不像長嘴圓嘴狗只用死咬不放的戰略，牠們卻用閃電連鎖咬法，採用遍體鱗傷辦法，叫人致命。

狗嘴除了牙齒厲害之外，還有狗舌也夠唬人。狗嘴唬人之處，是叫人皮肉痛，狗舌唬人處，卻叫人神經被咬著般緊張。不是嗎？人一般都怕狗吠，狗銜過來時，狗舌便在喉門裡發揮其恐怖的各種吠聲，有時「骨落、骨落」，有時則「唬唬唬……」，更有「咔拉咔拉……」，這時的狗惡聲，加上狗牙與狗爪三配套，形成了一個極其恐怖的場面，眞是有聲有色，這都是狗舌的威力。

一般人以爲狗舌血紅的可怕，豈不知狗舌也有黑的，還有黑紅參半的，一樣可怖。民間一般相信，黑舌狗會咬死人，客家人一般喜吃狗肉，尤其專愛吃黑舌狗，見了黑舌狗時，不可得，也要偸來殺。這種專愛殺黑舌狗的習性，大概是因爲客家人之得名。由於戰亂流落他地重新建居，作客境遇最怕狗，尤其怕黑舌狗，張開嘴來，一片黑，相信也不少死於狗咬，尤其死於黑舌狗咬時，更是恐怖，也就更傳開去，形成專愛殺「黑舌狗」，久之成習。客家人之習性是否眞因此而起，不得而知，姑妄作解。

狗舌除了發威唬人外，還能在戰亂時世、月黑風高、豺狼當道時，發出尖銳長號的嗚嗚聲，似鬼哭，又似神號，叫人毛骨悚然。迷信的人，聽了這種吠聲，每當作見鬼論。可見狗舌實在有其一套，能用威，也能用鬼。鬼威並用，使人世平添不少災禍擔驚。人之爲萬物之靈乎？爲何還會養狗來自戕戕人，我眞不明人之爲靈，靈在啥？

——香港《明報》一九八八年十一月七日

開場白

很早便想寫「香記養狗場」，但遲遲都未能下筆。要歸咎這遲疑不下筆的原因，倒又模模糊糊，未必能眞正歸咎個所以然出來。若眞要說出個所以然，我想……這大概與我自己的學術背景有關吧？因爲在我的周圍，充滿了學術氣氛，人人都在埋頭正正經經，「上窮碧落下黃泉，動手動腳找東西」，寫出非常嚴肅的學術論文。在這嚴肅而又正經的氣氛下，我不做正經的事，反而寫什麼狗東西，這會惹來笑話的，何況那些嚴肅的學者也不會放過我，說我沒有學術，只好寫養狗養豬去了，想到這一層，我往往要倒抽一口冷氣，再不敢下筆。

當然，我也有過勇氣十足的時刻，自勵不畏什麼嚴肅不嚴肅，他寫他的學術，我寫我的狗東西，河水不犯井水，關卿何事？然而，當我提起筆時，卻又被文體的事困擾著：「香記養狗場」算是什麼東西？傳記嗎？自古只有爲人寫傳記，爲名人、貴人、公侯將相、英雄美人、富商鉅賈……爲這些了不起的人物寫傳記才像話，最少自己的文章也可藉這些人的分量增磅，所謂「文以人傳」是也。要寫狗，寫養狗場，那肯定不是什麼「傳記」……然則，可不可以用「報告文學」一體呢？才剛想到，我立刻又自我封閉起來，這肯定不是什麼「報告文學」，一來，「香記養狗場」裡「惡狗如雲」，不能有什麼「內幕」，又不懂打「狗腔」，更與狗沒有什麼「低落」(dialogues)，談不上「報告」，更說不上「文學」，因爲「文學」也者，寫「人文」才配，那有寫「狗文」的？更何況一想到劉賓雁的什麼「報告文學」那麼「人文」的東西，我在作狗的「報告文學」豈不有辱「斯文」，想到這一層，我又再倒抽一口冷氣，給文體問題困擾著，沒法下筆。

可是「香記養狗場」的精彩演歷卻又時時咬緊我的神經，叫我不寫不快。更何況「文體」的東西，不過是前人所創，方便後人照式表達而已，如沒公式可循，也就各適其所。至於「嚴肅」也者，我也經常「學術」一番，採「梅花間竹」式，有時嚴肅，有時輕鬆，一嚴一鬆，神經也會較健全的。想到這一層，我於是如釋重負，由即日起，只要「香記養狗場」有什麼春秋上演，便塗他一筆。

「香記養狗場」何所指？

然則「香記養狗場」何所指？這倒先要交代一下，看官一定以爲「香」者，香港也，「記」者廣東人慣通稱的鋪頭也。合起來該是：香港某人開的養狗農場也。不錯，這「香記養狗場」的確在香港有其養狗場，但這並不因此便可斷定只此一家，別無分號。如果看官今後覺得這「香記養狗場」在某時某地「似曾相識」，那也不必多怪，何況狗也好像人那樣，有大小高矮、黑白黃棕、長毛短毛、善惡忠奸，不管什麼款式，你總不能說「黑狗非狗」也。同樣，人有肥瘦高矮、長髮短髮、善奸忠惡，你總不能說黃種人的國家就不是國家，養黃種狗的農場不是養狗場呀！

市場哲學

不過這「香記養狗場」倒有其獨特之處，大概因爲是在中國人的社會，所以這養狗場不養唐狗，唐者唐人也，唐人者中國人也，不養唐狗的道理何在？場主也早不諱言，唐狗不値錢也。有人曾追問場主：沙皮狗、北京狗不也是唐狗麼？場主卻也有其一番道理：「這怎麼同，沙皮狗打得，洋人看得起，有身價，北京狗樣子得意，洋婦人喜歡，有身價。所以此唐狗非彼唐狗，洋人看得起的才有身價，那算是入了洋籍了。」場主說得得意時，往往還多搭了一些大道理：「莫說唐狗，連唐人入了洋籍也都身價不同啦，進出唐人社會，有充分信心。信心何來？因爲入了洋籍，拿著洋護照，不必怕政治批鬥，不必怕被中國人欺負，因爲洋人有洋政府去保護他們的人權，他們去到那都有身價，人賠不起，也就怎都不敢動他們啦，所以嘛，入了洋籍，持著洋護照，回來中國人社會，出出入入，不怕官、不怕管，可以悠哉閒哉，看人被整被鬥，卻又能置身度外。這樣的護照，又有誰不想要？所以，不要說人入了洋籍，有身價，連狗入了洋籍也有身價，難怪有人排隊等上三兩年，坐『移民監』，守『移民寡』，想盡辦法入洋籍，別人可以不了解，我養狗做生意的，就不可以不了解，否則，我不管唐狗洋狗，係狗都養，眞所謂不管行情，不知行情，我這『香記養狗場』早不行啦！」

他這番話當然要把活人都氣壞了啦，但聽的人卻又莫奈他何，因爲場主不是講他個人的處世哲學，他只是講「香記養狗場」的生存之道，其生存之道在於遵循市場哲學而已，你怎能責怪這場主呢？

——香港《明報》一九八九年一月十三日

九七心態

話說「香記養狗場」既然深知九七大限之期已是好似「地車」廣告那樣，話咁快就到，於是九七心態油然而生。場主眼見移民潮已然掀起，走不掉的，當然心急，於是便有人想到鋌而走險，想在極短時間內，在九七來到之前，撈他一把移民費，好溜之大吉。也有人已是撈到盤滿缽滿，但撈到手軟心軟，遲遲然不捨得離去。在如此一險一貪兩種急流湧現下，便有人想偷想搶，也有人想一富再富。有人富，有人搶，間中自然也就有人要養狗，而且要養「惡狗」。想到這一層，「香記養狗場」這場主當然也就有其一套發財大計。那便是以前那一套只養「馴狗」、「順狗」、「退狗」（toy dog也）已不合市場口味，唯有「惡犬」、「守門犬」，才能應時。

惡犬當推雌狗

確定了養惡犬的發財大計後，場主憑其一生養狗經驗，當然知道「惡犬」當推雌狗可靠。一般人以爲雄狗更兇更懂得守門，其實不然，因爲雄狗不比雌狗那樣「敵死拼」(discipline 也)，雄狗相互打架倒很行，但說到爲主守門，講究忠心，盡職守，而且要細心眼便當推雌犬。尤其是所謂「婦人犬」，更是具有強烈的「職權」觀念。誰犯到她的職權範圍，很難不被進擊的。看官也許不信，其實這是動物的一般「天性」，雌的爲了要養育後代，對於其護衛家園的「職守」，自不能兒戲，因這「職守」的觀念強，對其「職權」的敏感也就更有天賦的本能。不要說一般動物如此，連人也不例外，不是嗎？歷史上，古今中外，封建壓制下，女性在政權方面難有問津機會，但一旦偶然冒出三幾個來時，那種實掌實權的本能，眞是表露無遺，中國有呂后、武則天、慈禧太后，英國有維多利亞，埃及、印度這些文明古國也都有過「女強人」的時代。還有，中國的毛澤東時代，也不是出了一個江青嗎？她不是口口聲聲說是毛澤東思想的維護者嗎？所以，相信雌狗更忠於職守，更能「護權」是不錯的。所以「香記養狗場」在這香島面臨黃昏政權下，主張養雌狗來守門是洞悉動物「天性」之舉。印證於人類歷史，也都很有根據，不是嗎？歷史上有多少黃昏政權不派用女性上場的？清朝到了黃昏，派上了慈禧，唐朝到了黃昏，派上了武則天，漢高祖自己搞不定，派上了呂后，莎士比亞筆下的埃及「妖后」，也都在末代出現的，這與其說女性自己霸道，倒不如說女性對於職權更忠實，碰上了厄運，雌的往往更可靠，所以才會有末代「女強人」的現象產生，而中國古人也有見於此，所以才會有「牝雞司晨，政權快完蛋了」的警句。

「提防惡太」語帶雙關

既然「香記養狗場」深知雌狗守門護權更可靠，於是便決定物色雌狗，憑場主多年養狗的經驗，也都不難找到既兇又「敵死拼」的好狗選。為了適應不同的專業人士，場主特地選了一隻頭大、面方、嘴唇厚，整個臉型粗大有肉的「老虎狗」，英文叫「勝潑辣」狗。這樣的選擇是用來對付那些重量級的來犯者，是可以把一個人拖出去的大狗。

除此之外，場主還選了一隻身材較細小，臉尖，看上去便令人知道是刻薄相，其特點是眼特別精靈，身手靈活，是嘴尖牙利型的「多把門」。這樣的選擇是用來對付那些光天化日，扮得斯文的來犯者。

再其次，場主更還選了一隻身材細、白雪雪、眼睛大，雖然臉並不大，閉嘴便覺得斯文，但能日夜守護在主人身邊，是最好的家庭中的「內閣」上選，是最被洋人看得上的「貴婦狗」。

既然場主豢養了這三隻雌狗，也就心安理得，想了一番「黃昏」發展大計，準備在九七來臨之前，能夠再撈一大把。當然，養狗場有了這三隻「惡犬」之後，也都得在場上掛起一個大招牌，一來可以招徠生意，二來也可以警惕陌生人。毫無疑義的，這招牌必然是「提防惡犬」四大血紅粗字。於是場主便即刻找來工具，造了一大塊木匾，但是由於場主教育有限，加上中文字的標標點點特別多，橫豎筆畫也特別複雜，而且往往交叉上落未必那麼容易記住，對於少寫中文、教育又不高的人來說，更是沒法掌握，於是當這大牌匾掛上去時，竟然是赫然四個大字：「提防惡太」，原來這犬字的一點，被點到大字的下面去了。當路人提出其謬誤時，場主先是窘然，然轉念一想，反正其原意也是因爲奉養了三隻兇惡的大雌狗，要警惕使人不要給這些惡母狗咬到。既然是母狗，也就是「狗太」的意思，所以「提防惡太」也語帶雙關，並無不可，想到這一層，場主終於也就決定不把牌匾除下來更正。於是「香記養狗場」的門匾上的「提防惡太」眞是「路人皆見」，傳爲黃昏九七大限的笑柄。

——香港《明報》一九八九年二月十四日

物以類聚

場主既然安排了惡犬上場，而且也以兇惡的雌犬當家，但這不意味著「香記養狗場」，從此便不養雄犬。何況人的口味就是這麼奇怪，有人怕雄犬，有人怕雌犬。因此，也就有人偏重養雌犬，有人偏重養雄犬。更有人覺得雄犬威猛，雖比不上雌犬能守門，起碼可以威猛嚇退人。香記場主既然要在「九七」前硬撐下去，便非要也養雄犬不可，但與以往不同的，今朝選養雄犬的標準，也得適應「九七」環境。以「惡犬」的原則，這一層考慮還有一個因素，場裡既然已有兇惡的雌犬，便也非要兇惡的雄犬不可。否則這些雄狗如何能在兇惡的雌狗面前待下去，看官不養狗，不明白「狗的鐵律」，在惡狗群裡，必然都得是惡狗，任何有一隻心腸不夠狠、不兇惡、不夠牙利、不敢打、不敢殺，是絕對沒有牠的存在空間的，因爲惡狗之所以惡，自然有其一套「敏銳」的惡覺，任何一隻軟心腸的混雜其中，便會立卽被揪出來惡咬一頓，一旦這隻被咬，不管是非黑白，其他的惡狗也都會群起而攻，正所謂：「挨打狗」(under dog) 是也，這時的「挨打狗」便非要送命或被趕出群去不可，這種「狗的鐵律」，場主是養狗老手，當然不會讓非惡犬間雜其中。正如太平盛世，養「馴犬」、「順犬」時代，不會養惡犬參雜其中的道理一樣，否則便讓這隻惡犬自擾其亂。今朝是面對「九七」大限，也不能讓馴順的狗雜混其中，否則便讓這些順馴者自毀運道，招來損失。這所謂「物以類聚」正是動物的規律，不同類硬聚，則必然引起內鬨、內殘。如此局面，如何能應付「九七」環境?

場主也防惡犬相殘

更有一層，看官不得不明察，場主是養狗圖利，不是什麼保護動物的人道主義者。場裡明養著惡狗，便得提防惡狗相殘，提防之道應有一個竅門，原來惡狗也正如惡人，都是欺善怕惡之流，大家都惡臉相向時，誰也欺負不了誰，那便形成「惡犬平衡的規律」。正好比在美國國務院待了好幾年的季辛吉所主張的「恐怖平衡」理論，用恐怖的核子武器堆積來對抗蘇聯的核子武器，兩相堆積，一方加碼，另一方不能示弱，如此惡對惡，恐怖對恐怖，終於誰也不敢輕易動手，那便會達致「恐怖平衡」。說也奇怪，狗的世界看來並不如人那麼聰明，但畢竟動物的靈性總還有，所以惡狗相處也自會平衡，否則彼此無限期互相咬打，不絕種也幾難，場主洞明此理，所以也就只有選上兇惡的雄狗，作爲「九七」應市策略。

策略既定，場主也就四出在香江實地取材，想法子找到好的材料。一日，場主路過軍營，見軍營的周圍欄上寫著兩排字，上排是：「此營有軍」，下排是：「用犬看守」，上回也早交代過，此場主的中文修養極有限，掛牌子的軍方，原意是：「此營有軍用犬看守」，但場主見文分上下兩排，何況他心意是要找好的惡犬材料，也就將這兩排文字讀成：「此營有軍，用犬看守」。他想：「嘩，好傢伙，軍人已經夠惡了，還養著狗來看守這些軍人，可見這些惡犬也夠驚人，否則，這些狗怎能看守得住這些兇惡的軍人。」想到這一層，場主也就高興得緊急煞住了車，了解到這軍營現確實有兇惡的軍用犬，他如獲至寶，經過了幾許周章，「香記養狗場」終於如願以償，獲得了一條標準型的軍用犬。

看官也許急不及待，想要知道這軍用犬是雌是雄？答案是：當然是雄犬，如果問爲什麼當然是雄的。因爲所見一般軍用犬都是雄性也。至於爲什麼要這種安排，或許因爲軍營裡清一色男丁，任何雌性混雜其間，恐生不便吧?!

羅致惡犬心安理得

話說這軍用犬一上了場，也不知是什麼心理，立卽肆無忌憚，日日夜夜，放膽狂吠，有時長聲，有時急聲，有時像軍隊撤退時那樣：仰空冷放幾槍，搞得場裡上下人狗都知道牠的存在。而場主也爲這軍用犬的行徑感到快慰，因爲這軍用犬的吠聲是「香記」的好廣告，讓人人知曉，內有惡犬。他想有了這軍用犬，香港人也都夠喪膽的了，那還用得著像臺灣那樣要養著老虎來看守門戶。想到這一層，場主也就想到爲這軍用犬取個犬名叫：「賽老虎」。

除了「賽老虎」之外，場主憑其多年的養狗賣狗經驗，當然也都相當把握到顧客的心理，尤其是佔顧客最多的商人的買狗心理，更是摸得深透爛透，於是乎爲商人這個市場，也非考慮一番不可。場主想：商場如戰場，商人日日經商，日日打仗，百打不厭，百打不倦。物似主人，那非得養合乎商人心理的惡狗不可，想到這一層，場主便立刻想到「沙皮狗」，這沙皮狗說來也確是蠻有商人的氣概，因爲牠爛打、耐打、百打不退、不厭不倦，更重要的是牠愛追打，人輕輕冒犯到牠，不，卽使不冒犯牠，牠已豎起全身的沙皮，準備來番惡鬥了，這沙皮狗尤其像商人的地方是其一身披上又皺又具拉性的「沙皮」，所謂「皺皮」者，非其莫屬。

想到了「沙皮狗」，場主還同時想到了商人還有一個特性，那便是陶朱公的「精謀細算」，場主想：要找到這樣的狗去迎合商人的口味也不難。狗本身就是狼的一族，狼之圓滑多謀，早是馳名動物世界，雖然狗已被馴化鈍化不少。但找那德國狼狗來迎合這批商人，也還算夠得上他們的品味，何況狼狗身材夠高大，能進又能退，脾氣性情又難測，惡起來也夠分量，體重百來磅，卻能將三四百磅重的敵人拖著地上打滾，是屬重量級的惡犬。

想到了這些惡狗，羅致了這些惡狗，場主心安理得，覺得要應付這「九七」市場，綽有餘裕，頓時心安理得，雖夜夜聽到惡犬吠聲，也不覺其煩。

——香港《明報》一九八九年二月二十一日

口罩與惡犬

「香記養狗場」既然養了幾隻惡犬，場裡環境果然有異尋常，往常平靜的氣氛，立即變得「惡犬當道」。那種吠聲，不但嘶厲，而且牙齒與舌尖打戰時發出來的惡聲，特別叫人聞而毛髮聳然，偏是這些惡犬不知儉威，反而是有威威到盡，本來只須三兩吠聲，便應該搞定的事，牠們卻彷彿摸透場主那種「惡」字訣的宣言，非要多吠幾聲不可，尤其令人難受的，這些惡犬也確是知道單狗難惡的道理，只要一狗吠影，便群起聲援，有的跳起來衝刺，有的聲色俱厲，有的更是左閃右閃。如此一個環境，難怪是人都要搖頭，說場主要趁「九七」之前再撈一把，竟然也不顧人的安寧，竟然連惡犬也養上了，累己累人。

派代表辦交涉

當然，如此一個環境，勢必引起人的不滿，於是抗議之聲四起，然人聲怎及得狗吠聲，但說場主一意在「九七」前要穩住自己的「江山」，勢必要撈個盤滿砵滿，當然也就在狗吠聲中，聽不進任何人的建議，於是乎有人便主張派代表與狗主交涉。本來派代表不是一個問題，何況全世界的人在西方民主代議制的思想影響下，早已習慣了派代表作交涉的做法，但是一想到要派代表進場裡去與擁有眾多惡犬的場主交涉，先是已有人望而卻步。又有人不願當選，因爲他們有自知之明，知道自己的文明敵不過惡犬的一套，更有人不願見到這種選派代表的做法，因爲怕得罪了場主，搞得不好，場主有意將惡犬政策進一步放任，那便人人自危。如此選派代表的事便先自搞得眾議紛紜。場主這下也自開心，更振振有詞地說：「說什麼選派代表，可見那是少數人的少數意見，而多數人已十分接受場裡養惡狗的做法，否則爲什麼談到選派代表，來來去去都是那幾個人。」

既然通過選派代表控制狗場惡向走勢的做法不被場主接受，於是有人更向場主建議採用「口罩政策」，要場主好好約束這批惡犬。但出乎人意料之外，場主竟然是非常有膽識兼且有創識地反建議說，要套上口罩的，不是他的惡犬，而是人。

軍爲本民爲輕

看官看到這點，先不要譁然，場主這種想法，甚至有膽這麼做法，也並非什麼「歷史的孤立事件」。如果精通歷史的人，必然也早發覺此事古今中外已是層出不窮。不是嗎？一部部中國歷史，不是常見到爲了保護自己的軍隊，用人民老少殘弱在兩軍相對的陣前作擋箭牌，這明明是只能犧牲人民，不能犧牲軍隊。「民爲本」的那套思想早敵不過「軍爲本」的思想啦，如果那個領導人敢公然說：「寧要人民，不要軍人。」肯定會被指爲對服從與忠信「不義」，那還有誰肯爲他賣命？遠者不說，單是眼前，當「九七」沒來前，英倫那些英明的領導，先已是把自己國籍法改變，把香港的英籍人移居英國的權利「玩死」，這便是明擺著「棄民」的做法。但這種「棄民」的做法並不引起英國本土的政論家的非議，被非議的，只是說英國不應該把香港的幾萬名爲英國賣命的官職人也一道被「遺棄」，當這些非議響起時，英國當局也突然看到自己不該似的，這才開始考慮把這批官與民分開來考慮。可見中外的做法，從來都不是「民爲本」，而是「軍爲本」的一套哲學！

有見於此，看官對於場主那套「人賤於狗」的想法做法，實不該有所譁然。不是麼？人對於場主來說，沒有什麼即時的功利關係，反之，他那批犬才是他的利害攸關，因爲他可以實在地「賣狗求富」。更何況惡犬也者，在乎有口有嘴，可以張牙舞爪，人見人怕，其惡犬也，貴在能「惡」，如果把這批惡犬套上口罩，不能哼聲，不能張牙，其爪也無從舞起。何來惡相；何來唬人的功能。這豈不是爲「香記養狗場」「倒米」？與其自取損害，不如損人，這正是曹操的「寧可我負天下人，不可天下人負我！」一套的感染也。

場主既有惡犬做後盾，而人又怕其進一步實行惡犬放任政策，加上人又沒法爭取派出代表去交涉，於是「香記養狗場」便終於贏了一場戰爭，把周圍的人都套上了「口罩」似的，全哼不出聲來，只有「香記」場上的惡犬咆哮不休，不止變本加厲，搞到場前場後的不少居民日夜提心吊膽之餘，紛紛移居他處，而惡犬們一見有什麼「人人搬屋」出出入入時，也特別覺得開心似的，多吠幾聲，好似在顯示牠們的惡威。

——香港《明報》一九八九年三月三日

對抗

話說場裡自從養了幾隻惡犬，把周圍環境搞得人神不寧，有人「頂佢唔順」，便自紛紛搬遷他往。但世事往往是不如意事常八九，搬遷是人生大事，也是世界公認的「基本人權」，所以有不少國家的憲法寫明，人人有搬遷自由。就是因爲這是大事，是人權，所以也就不是輕易人人都能想做就做得到。於是乎，那些做不了、走不了的，便只好留下來繼續與「香記養狗場」周旋下去。

發起遊行示威　抗議惡犬惡吠

有人爲了抗議場主的橫蠻無理，當眞在外發起遊行示威，只見那示威行列裡，有人用上了場主給他們的靈感，人人套上了狗口套，他們手上則持著各式各樣的諷刺漫畫。當然，這其中少不了一張畫著：人被套上了口罩，惡狗反而是張牙舞爪。標題是：這成了惡狗世界！

在示威的過程中，也會碰上有人上狗場斟生意，示威者也趁機遊說大家不要與那些惡狗講交易，這一來便激怒了場主。然場主洞悉人的政治，更也懂得怎樣運用人狗之間的矛盾。何況他家養狗幾世代，什麼惡犬、順犬、馴犬沒看過？由各種狗的行動，更也看出各種不同的人的百態，所以這小小規模的示威又算得什麼？只要他泡上了一壺小小的「唐人茶」，屈指一算，天下也就無不可破的陰算陽術。

經過了三兩杯「唐人茶」落肚，場主精神為之一振，臉上登時有了充滿策謀的深藏笑意，他想，對了，時下不是流行一種意見麼？中國人最怕什麼「對抗」，只要一見到對抗，甚至只是談到「對抗」便如觸及虎鬍鬚，大家都喪魂失魄了。只要用「對抗」的手法，什麼有理無理，都可以把正經不正經的事搞垮掉，不做而終，不歡而散。好嘢，好個「對抗」策略。想到這一層，場主心情也特別逍遙，深幸自己能沐浴在中國社會，感染中國的文化傳統。他想，這「對抗」的確是處理中國人的妙方，不是嗎？在中國什麼演義歷史裡，當大家面對如山堆積的新舊困難時，已經搞到忍無可忍了，雖然間中曾有不少有識之士，有頭腦的思想家，大家也提出過不少的解決方案，但是，有意義的方案設計，最後都會被人用「對抗」的手法，將對方搞倒搞垮。用重拳打下去，只要一方被打倒或嚇倒，反對的聲音中斷，當然也把大家都嚇怕了。結果是：應解決的問題，沒解決。只是把對手解決了，如此而已。中國的歷史便是如此演變下來，往往是問題堆積千年而不動。變動的只是對抗失敗的一方。難怪中國的歷史所標誌的只是朝代史，不是什麼「制度」史。一個制度沿襲千年萬代，不管裡頭有什麼弊病，用什麼口號也解決不了，因爲一談到問題的核心，倘有人覺得自已的權威受到不尊重時，便立即採用「對抗」的手法，弄到人神不寧，一方瓦解爲止。處此中國歷史背景，所以中國人也就見到「對抗」便立刻怯退了。

採用對抗手法　解決對手對抗

想到了這些道理，場主也更信心十足，在策劃著應該如何用「對抗」的手法來把這批反對「香記」的示威人士瓦解掉，在盤算對抗手法中，他立即想到場裡惡犬的功用。他慶幸自己手上及時養了幾隻惡犬，否則要醞釀對抗氣氛也是煞費心機的。如今有了「沙皮狗」的爛打，有了「老虎狗」的「勝潑辣」，更有「多把門」的善去衝刺，還有「狼狗」的脾性叵測，加上「賽老虎」這隻一等軍犬。大家一齊出場，一齊惡吠，不必動用什麼毛澤東驚人鬥人慣用的鑼鼓，不必用全世界慣用的催淚彈，也都十足夠得上「對抗」的氣氛了。想到了這一層，場主自我滿足地想到什麼「鑼鼓彈」、「催淚彈」一類都不夠精彩，還是他這一套夠「肉緊」，然則，這一套「肉緊」如何命名呢？他登時想到「催淚」算什麼？「催魂」才夠厲害，於是乎，他想到他這套「惡犬」對抗辦法應命名爲「催魂犬」。

看官也許會奇怪，怎麼場主擺這「惡犬陣」出場時，怎麼會臨時漏掉那隻「貴婦狗」呢？不，他當然不會漏掉他的「貴婦狗」，他只是想到這狗另有一個使命，看官不也常見到什麼西方恐怖影片麼？最標準的安排，通常都是什麼惡人頭或是坐在太師椅上，或是慢條斯理地，他們手上總要攏着一隻「貴婦狗」。當這惡人頭下令追殺時，往往便要近身把一個小動物擺在這「貴婦狗」面前，而這隻狗便也如獲「緝殺令」一咬便把小動物解決掉，旁邊奉著的不管是人或是狗，也實會立刻出動去追殺了。場主分派這隻「貴婦狗」的角色，當然也是由他一手攏着出場，才顯得出其本身有身分，你犯得了他這批惡犬，也難犯他的高貴身分。可見場主不是「健忘」一類，而是「足智多謀」一族，一舉一動，都有其深謀遠算。

果然一如場主所算，當其放出幾隻惡犬之後，這些惡犬立卽狂吠而出，幾位示威者也立卽不示弱，將手上示威用的木牌子當作武器，也惡臉相向。頓時變成人狗對立，惡狗雖然惡，但見示威者有木牌在手，一時下手不了，但也不忘張牙舞爪，還配以惡吠。而示威者雖有棍在手，但見群狗兇相，也都只能呆在那裡，不敢動彈，顯然有怯意。蓋因大家都沒爪沒牙，更沒生就那兇惡的吠聲，於是所謂「示威」者，很快便被這些「催魂狗」嚇得無威可示。先是有人借勢退下來，接著更有人把牌子壓在屁股後，也自行走了。場主哈哈大笑，說：「中國人最怕對抗，以對抗對之，十有九走。」

——香港《明報》一九八九年三月八日

狗不如

話說示威者敗退下來後，有人被對抗嚇怕了，無奈地退縮了，有人則心有不甘，仍然想盡辦法，唯求居住環境清平。最令這批人不甘的，場主竟然自求發達，不顧他人安居。即使養惡狗是他發財之道，也該好好管教一下他那批肆無忌憚、任意惡吠的群犬才是。不料場主大約受了惡狗的感染，所謂「近墨者黑」，竟然也不講道理，處處與場外人作對。

發起簽名請願運動

天下就是這麼奇怪，人愈惡，便無論如何，也會有人敢衝著惡硬幹的。這批不甘心者，終也自己組織起來，群策群力。這日大家又想到了一套辦法，既然派代表不行，何不來個

「人民請願」的辦法。他們想：這是民主社會最慣用而最有效的民意申訴的辦法，就以美國來說，總統雖是由人民投票選舉出來，如果他做得太離譜，人民是可以通過大批簽名的方式，把他搞垮下來的，可見簽名請願的辦法，往往還比通過代議政制更加有威力。想到了這一層，大家在選派代表的方法上做不出什麼結果之餘，也覺得這是最後一個武器，於是乎，這不甘心的一批又熱烘烘地，奔走呼籲大家簽名請願，企圖以這辦法制服「香記養狗場」，照顧居民利益，好好維持地方上的清平環境。

經過連日的運動後，不甘心一派好容易找來了二三十名居民的署名，而且還用一人一信的方式，寫信給場主，要他好好收斂惡犬政策，不要危害地方安全。

豈料場主更也有一套對策，他收到了這些信件，不慌不忙，正想打發這些信件，這時正好那慣於衝刺狂吠的「多把門」又連串發出狺聲，接著群狗紛紛聲援，從每隻狗的吠聲中，憑他多年的養狗經驗，他可以毫不差錯地辨解出每隻狗的口音。例如「多把門」一開聲，不但急速，而且也必定拉得鐵鍊「咔咔」聲，吠聲加埋鐵鍊聲，恐怖之景，眞是壓境而來，這種氣浪是其他狗做不到的，起碼「勝潑辣」便沒這種氣勢，蓋因這「老虎狗」身型粗重，重二百來磅，不易跳動，也因此以沈重的吠聲取勝，也不多吠，但一吠便蠻有勁力的，叫人但聞其聲便知難與抗衡。

人聲不如狗吠

從這眾狗吠聲中，場主頓然悟出一個道理來，他立卽想到，這些信件雖出自不同的署名，但千篇一律，要的是同一東西，可見出自一個人的主意，卽使不是出自一個人的主意，這又與一個人的主意有何不同？嘿嘿！簡直可以不理他們，把他們當「狗吠」，才一想到狗吠，場主卻又立卽電光火石地轉念想到：不，這批人的聲音，還不如狗吠呢？不是嗎？狗的吠聲，起碼有狗自己的「害天地的」（identity 是也），每隻狗的吠聲，不會同出一轍，雖同是出自狗嘴，但每隻狗吠有其特性，長短快慢尖粗高低，樣樣俱全。想通了這一層，場主當眞又心安理得地簡直可以完全「敵視理加德」（卽英文的 disregard 也）。他原本可以完全不理會這些人的信件，但想想這未免太便宜此輩了。爲了要讓這批人知道他們一人一信的聲音還不如場裡的狗吠聲，場主特地表示了「民主」，召來了眾狗隻，把每封信當牠們的耳朵前喬聲唸出。初，狗耳還能側著恭聽，然，過了一會，聽到封封同出一聲時，眾狗隻的耳朵開始受到刺激了，而且發癢了，於是群起仰頸長狺，恍似用牠們的狗頭一致投票反對。

看官不要以爲這場主有什麼「魔術」，能使其眾狗隻表演這一場精彩的「民主投票」。

其實，這其中並無什麼巧妙，凡是養狗的人，都懂得狗的耳朵非常靈，簡直靈到幾乎是「無中生有」，即使是極低調的、極低沈的，就算是奄奄一息的聲音吧？也都逃不過狗耳朵。由於其極度靈，所以便極不能忍受頻率高而又單調的聲音，當這聲音重複又重複時，正如這些「同出一轍」的一人一信，在狗耳朵重複貫入時，眾狗隻便非要拉長狗頭「理絕」（reject也）不可。於是這批心有不甘者的一人一信，便如此這般地又被「香記養狗場」這群惡犬給糟蹋了。

場主函覆請願者

場主為表「民主」，也正式給這批心有不甘者回覆，信裡內容雖簡單，還扼要，更有給這批心有不甘者「嘆一嘆」的味道：

各位狗不如：

你們一人一信，收悉。然考諸各人來信，千篇一律，同出一轍。看似眾聲，實則出自一人，既是一人，必屬少數，既是少數，而眾人竟然受制於少數，可見箇中「民主程序」極有問題。

儘管你們的「民主」極有問題，本人本場還是給了大家很高的面子，在本場狗隻面前逐一朗聲讀出，然眾狗隻非但不接受眾人同出一轍的聲音，而且眾狗隻還用牠們的狗頭一致投了反對票。由此可見，你們所謂一人一信，連本場狗隻也不接受，豈不是「狗不如」？因我無從識別大家，所以通稱大家為「狗不如」，其實大家也真狗不如，又何氣之有？

此致

狗不如

順祝

狗安

香記養狗場致意

一九八九年三月五日

又：看官明察，場主識字有限，上已表過。此信爲其祕書代筆也，所以仍算可圈可點。

——香港《明報》一九八九年三月十二日

豐餐法

場主把信寄出給眾「狗不如」後，心想，還不能大意，防敵之心不但不可輕易放下，而且必須分秒提防。這種高度警覺的心理，場主是從其養狗學來的心得，所謂「近狗者醒覺」是也，狗不同人，人一睡下，多是全不設防，除非他發神經，才會高度警覺到睡不安蓆。而狗呢，恰好相反，能熟睡的，不是好狗，多是不防人之狗。只有惡犬，才是防人之狗，睡不酣不甜之狗。熟悉狗性如場主，早也知道如何對敵人設防的機要。

訓練惡犬不貪饞

然則如何設防呢？難道自己不睡覺？不，場主不會蠢到如此害自己，長期不睡覺，很快便玩殘自己。所以自己睡不睡覺，不是一個問題，何況眾惡犬可以替他不睡覺，不就行了嘛？但是，他才剛想到眾惡犬，便又在設防問題上，想到了一個大隱憂。不錯，對惡犬來說，睡覺不是一個問題，但聖人也有過錯，何況惡犬，最令場主擔心的，卻是「十惡九饞」，兇犬的最大弱點便是貪饞，只要人丢下一塊腥得難耐的牛肉時，牠們便見肉不見人了。因此訓練守門狗的師傅，都懂得訓練他們的惡犬提防這一套。最標準的訓練辦法，便是認定一個主人，由一個主人去餵，不許別人假手，否則便要加以懲罰。但這方法也很不妥當，第一，這些惡犬不是從他一人而終，還得服侍來主；第二，如只靠他一人來餵，他不是當上了狗奴，寸步走不開？場主一向愛度假旅行，這怎行得通？所以認定一人餵狗的辦法，肯定不是好辦法。

接下來，他還想到許多慣用的餵狗辦法，如「專用法」，卽採用一種專門的食物去餵狗，訓練辦法便是凡狗攫上其他食物，便立卽受到一種懲罰，使其經過連番痛楚後，見到了這食物便有被罰的代號，於是久而久之，也只有一種專門食物，這叫「專用法」。但才一想到這餵法，場主便知道不十分好，因爲「香記養狗場」的狗隻都得賣出去服侍將來的主人，他養的不是「不二主」狗，將來的主人品味如何，怎能由他一人去主宰？

「專用法」行不通，場主還想到「黑不吃」的妙方。看官不要以爲這是「不吃黑道」

解，何況一般狗隻只認主人，不認什麼黑道白道，什麼是非黑白一概不認。這「黑不吃」妙方是認定在白天餵狗，黑夜不餵，要狗「黑不吃」，便得在黑夜餵狗時作出各種震撼辦法，使其吃則受罰，只能在白天進食。這妙方妙則妙矣，但很有局限性，因爲一般假設敵人會在黑夜下手，因此敵人也只會在黑夜裡丟下毒肉毒害狗隻。豈知如今世界，敵人非一定夜晚行動，白晝也照樣下手。更何況，場主所面對的「狗不如」一族，公然抗議，光明進犯。所以「黑不黑」也與此輩無關。

日餵夜餵行豐餐法

「黑不吃」也行不通，場主終又想到還是一般慣用的、對付動物最有效的辦法，便是「豐餐法」。這辦法連馴服最兇悍的獅子老虎也用得著。看官也許看過馬戲班表演吧？那些戲獅虎班子膽敢把頭放進虎口獅口，而且還自逞威武，拿著一條馬鞭上下左右飛劈，你道他們當眞有什麼過人的威猛可逞，連野獸之王也怕了他們，不，不，他們所逞的，不是他們的威猛，也不是他們的膽大，更不是他們手上的馬鞭(馬鞭而已嘛！)，而是他們上陣前早已向這些野獸施過了「豐餐法」，把他們餵得飽飽的，昏昏欲睡，懶惰不想鬥，所以見了人在其面前揚鞭什麼的，睬其都傻。把頭送到牠們的口來嗎？吃飽了「豐餐」的野獸，見了人頭，衰過「豬頭骨」，所以這些戲班子便如此過關的，不是有什麼威猛。看官如不信服，更可以借看中國歷史。中國歷史算夠火爆的了，歷代農民暴民遊民，惡起來，火燒赤地千里，夠兇狠的了，但要對付這些造反，聖人早已體會，叫中國從政者用「豐餐法」，所謂「衣食足而知榮辱」，正是此意，飽食了的人，絕不會鬧暴動也。

想到了這種種情況，場主終於想定了「豐餐法」最可靠，於是主意既定，場主對其一批惡狗也就更有信心，不必怕牠們吃不飽，另有所貪，於是便天天把這批惡狗餵得飽飽的，日餵夜餵，只要牠們的肚子一有空檔子，使施以鮮肉肥肉，理論是只要眾狗兒肚子沒空檔，便不必怕牠們再行四出掕食，認賊作主，那才禍起狗輩呢！

見到了眾狗兒如此日食夜食，食得肥肥的，深知牠們不會再有肚子掕受他人的恩惠，場主這才設了防似地，自己高枕安睡了，可憐那些惡狗吃得飽飽的，連安坐都幾難，莫說安睡?!

——香港《明報》一九八九年四月三日

啃骨功

場主是養狗起家的，故始終心如水清，知道養狗不能當豬來養。凡動物也，飽食終日，無所事事，必然「難矣哉」！不要說豬被餵飽餵肥後，喜愛睡覺，懶得不愛動彈。就是狗，不管是否惡狗馴狗，何嘗不是怕肥怕愛吃不愛動。所以場主在用「豐餐法」之餘，也都日夜提防著狗兒過分肥大，有失本分。好在場主見得狗世界多，區區一個「肥狗」問題，畢竟難他不倒。只要略施小計，那眾狗兒也就變得豐餐不豐肥。

這小計說來也簡單，不必花大本錢，只要到豬肉鋪子去買他幾根硬骨頭，眾狗兒便會趨之若狂，呼呼啃得如醉如狂。

身後屍骨大費周章

說也奇怪，狗之愛啃骨頭，也眞如人之愛在屍骨上大做周章，這大概是動物的通性。看官是否有留意到？中國的政治演義史裡，不也是常常有這種演義麼？當一個政治家復權復朝成功時，對其政敵必然追殺不留，如果政敵早他仙去，他也不會放過，把他的屍骨從地裡拖出來，用非常轟動的鞭屍場面，親自揮斧揮鉞，把敵人的屍骨砍得粉碎，才心有所甘。由於這種場面見得多，近代中國的政治演義史裡的人物已變得很聰明，再也不把自己成條屍骨「安葬」（以「安」字行文，可見不安），例如周恩來等輩，心知不妙，來個巧計，美言心愛中華大地，留言死後化成骨灰，撒向中國河山，叫人無法尋找他的屍骨，妙也，比起他的前人，周恩來聰明得多，不像曹操留幾個疑墓，想叫人找不著，但這也不是十全之計：明陵的做法也不算高明，把屍骨深埋在山下，想用鉅大的工程來保護自己，但永樂的屍骨不也一樣被人挖走？比起周恩來，毛雖一世聰明，卻難免死後一疏，不但不化成灰，反而把其屍骨高祭在什麼大紀念館裡，更不妙的，竟然是在人人可以走上去大示威的「天安門」前，如此示眾方式，敢保日後不被群眾衝進去「分屍」？莫非毛的埋葬者有意陷毛於險境？若然，蔣介石死後倒眞有忠貞之士在維護他了，蔣死後屍骨停放在偏僻的「慈湖」，石棺蓋著，不下土。說是蔣留言要打回大陸去才下土，這做法也眞不愧他行軍一世，眞所謂「進可攻，退可守」，不下土，進也，可打回大陸去才安葬，退也，萬一臺灣保不住，可遷往他鄉，免得被人周折其屍骨也。咦！看官，你們瞧，死後一副爛骨頭，仍費那麼多周章，可見動物之愛啃骨頭，連萬物之靈的人也不避其煩，何況那愛跟隨人的狗。

啃骨頭以存惡性

場主通識狗愛啃骨頭的天性，知道要保住他們的惡性，非要叫眾狗兒啃骨頭不可。至於狗啃了骨頭之後，爲什麼會變得獸性難馴呢？這除了上面說的天性外，也與狗啃骨頭的心理有關。原來狗也並非什麼骨頭也都啃的，如豬手部分，又硬又沒味道，狗不啃的。要嘛必須是有骨髓味的，硬中帶韌，愈咬愈有骨頭味的那種，才算上選。這些骨塊也，難咬而又介乎可咬之間，無肉但又有味，愈咬味愈濃，愈濃便愈想咬，愈想咬但又愈難入齒，如此情況下，心情便愈來愈高漲，愈是高漲，便愈難放棄，放棄不了，又咬不下、吞不了。於是乎狗兒們便情緒高漲，這當兒的狗脾氣也特別壞，誰跑近，便誰倒霉，所以當狗啃骨頭時，也是最愛咬人、最愛打架的時候。

場主捉住狗咬骨頭愛打架又愛咬人的心理之後，於是一派心安理得，成天挑些難啃而又有骨髓味的骨頭，丟給眾狗兒，只見眾狗兒也確乎合作，你一根，我一塊，好似政治家找到對方的什麼「一失手」（英文的 issue 也），便窮追爛打，死咬不放。這當兒，那「勝潑辣」也最得時宜，靠其頭骨粗大，牙蓋骨有力，嘴方又大，什麼大骨頭也都合口，啃起來時眞是裂骨有聲。而「多把門」也不示弱，憑其好勇鬥狠的脾氣，一旦一骨上嘴，便一面啃，一面滿嘴「唬」聲，好似深怕人不知其兇狠似的，爲了訓練其善於衝刺的功夫，場主並不就手施捨，而且叫其專攻險關似的，把骨頭高掛起來，或是置於高處，非要叫其三跳四跌才能得手不可。而沙皮狗呢，則有其特出的咬功，不同「勝潑辣」與「多把門」的作風，是這「沙皮狗」一骨到嘴，很少轉口，把狗牙一沈再沈、三沈四沈之後，骨頭被牙運功之後便非裂不可，只要感受到骨裂，「沙皮」便會繼續運功，一味沈著咬下去。場主知道「沙皮」的特性，往往也刻意挑類似「豬腫骨」的料子，免得把其愛犬咬崩牙也。而狼狗呢，更不示弱，不但嘴啃，還會手爪並用，其啃骨作風有別於「勝潑辣」者，是由於其嘴型不同「勝潑辣」之方圓，不能一骨在嘴，任由咀嚼，狼狗嘴長，門牙無力，骨必須打橫深入嘴角大牙處，然後用爪定住，死啃活啃。看官至此必然心急，好奇「貴婦狗」如此一副尊貴相，嘴小頭小，如何能啃骨頭？放心，場主既然把「貴婦狗」近身看待，自也另有好安排。君不見，骨頭種類多多，有「有骨無味」的「豬頭骨」，也有「骨硬無肉味」的「豬腳骨」，更有炸彈也炸不爛的「牛背骨」，更還有梗死狗的「雞腳骨」，林林總總，場主識得養狗，自然懂得「因狗施教」。所以「貴婦狗」便得到又有肉又有味的「豬排骨」。

——香港《明報》一九八九年四月十二日

狗與氣候

颱風季節又到，香江地處亞太區颱風敏感地帶，長期受到颱風直接威脅或正面吹襲，不但香江人聞風避難，連禽獸也都懂得感染這危險。

香記養狗場的群狗對於這颱風的感染更是另有一番心態。

動物也能感受天地正氣？

看官應該有讀過文天祥的〈正氣歌〉，一開頭便說：「天地有正氣。」這種「正氣」通過不同的形態表揚出來，有用日月，有用山河，甚至用人的「浩然之氣」。文天祥更指出當這種「正氣」貫日月時，生死也不足論！正所謂：「當其貫日月，生死安足論。」正因為天地有這種「正氣」，而人也感受得到，而動物存於天地間，是否也能感受到這「正氣」呢？這個問題卻很費解，因爲禽獸不能像文天祥那樣用文字來表達「正氣」，我們也就無從從黑紙白字去印證一番。但，照道理，牠們也應該有能力感應這「正氣」才是。因爲照科學界的研究，有許多動物對於天災的感應，比萬物之靈的人還靈呢！比如說那在「文化大革命」裡被神州吹捧爲「紅太陽」的毛澤東，他親身搞革命、搞鬥爭，對中國農民暴亂史又十分愛研究與體會，當然而必然地對於「人禍」有很敏銳的感應了。但他對於「天災」的感應卻遠不如一般的牧畜。不是嗎？當唐山大地震前，據研究地震學的科學家說，一般牧畜早已感應到，尤其是犬隻，更是坐立不安，日夜莫名其妙地拉長頸項仰天長猖。但毛澤東事後被人通報時，當獲知整個唐山市幾乎已被活埋，當場嚇得虛弱得那個，也維持不了多少日子，便去見馬克斯了。就以唐山大地震的「天災」爲例，禽獸既能反面地感染到這天地的「邪氣」，理該也能正面感染到「正氣」才是。但到底眞相如何，也實難說個正誤。

狗隻對颱風有感染能力

不過，也正如唐山大地震裡的狗隻感染到「天災」將臨的情況一般，香記養狗場的群狗對於颱風這「天災」的感染能力卻是千眞萬確。是否隻隻狗的感應相等，不得而知，但卻是隻隻狗的反應有所不同。例如那頭大面方的「老虎狗」，對於颱風的反應卻非常像香江人慣說的「當佢冇到」！照香記養狗場場主的說法應該是「情緒穩定」，而一般人則會說「反應遲鈍」。而「老虎狗」這種對颱風不感應症，也有其背景，這大概是由於這種狗忠於主人，一向陪主人在嚴寒風雪中出生入死，如主人被困，要拖主人逃出險境的高度職責感，令到這種「老虎狗」對於「風災」的感應也就日久被消磨殆盡，而變得萬無感應了。同樣，那臉上無半兩肉的，善於衝刺的「多把門」也是對於颱風無感應的一類。平時看其對人的兇惡，以爲牠一定是很情緒化的一類，但對颱風的感應卻出奇地平靜，一句也沒哼聲，也是如香江人慣說的「當佢無到」。這種特性，也大抵與其善於維護主人，忠心其主有關。

與這兩隻相反的，見颱風訊息一吹，便「五神無主」（狗不同人，人有六神，狗卻只有五神，少了一神，便是不會說人話，少了話神。）隨著勁風亂跳狂奔。眞是有隨風搖擺不定之勢。這種狗，對一般人來說，倒沒什麼評彈，也許有人會說，懂得風勢，懂得生存之道。但那些恨狗的人，則會指爲「養不馴的狗」，見風順勢，沒有狗格。但不管人怎樣看法，香記養狗場的場主卻爲這批對颱風有強烈感應的狗隻在傷透腦筋。因爲這些狗往往在颱風訊號高掛時，一旦感應到了颱風，便在場內呼哩嘩啦，坐立不安，與平日馴服的一套有所不相同，連吠聲也似乎沒有固定方向，甚至吠向主人。平日本來能安於「鐵籠」的，這時也嫌天地不夠大，本來平日似乎已滿足於鐵籠的「安居樂業」的，這時卻一變而爲「滿城風雨」，要主人籠開一面，讓其好有「走風通道」。甚至有三兩隻嫌「鐵籠」擋不了風，要住到場主房裡來了。

對於這種狗，場主則毫不客氣，半步不退讓，不肯讓這種狗住進他的房子，因爲在場主心目中，狗是狗，人是人，狗有自己的「狗籠」，人有自己的屋子，那裡可以混擾。對於這種狗，也許有人會覺得很同情，甚至很同意其對場主的爭取住屋權。但問題仍然是場主始終沒有把牠們當成人看待，對於牠們的請願或吠聲什麼的，場主是不會尊重，也聽不進耳的。正因爲如此，所以當人看到有人行徑不能堂堂正正，坐言起行，都伸不直腰，要四腳爬行，便把這種人比作狗那樣，以此來警惕人做人要有原則，不能見風轉舵，人之所以是人，正是因爲他們平日講眞本色、講原則。人之成爲一個人，在社會，把彼此都當作人來看待，尊重人，也被人尊重，少一分，不行，多一分，也不行。否則，多一分的人，便成了主人。少一分的人，便主動落格成爲爬行動物了。多一分的人，被寵壞了，久而變成不尊重人的人，以主子自居。少一分的人，被僵化了，久而變成不懂什麼是人的原則。這樣的人，講話也會漸漸變成沒分量，因爲他的話已不被人當作人話。

場主為著這些對颱風有感應的狗，既頭疼，也覺得這些狗難在市場推銷。正是所謂「賣不出去」，也養不下來。這是養狗場一般的麻煩。

——香港《明報》一九八九年八月十八日

狗為何自賤

「喂，老鄭，香記養狗場不是執了吧？怎麼最近不見你報導這狗場的情況呢？」老饒見了我劈頭便問，的確，計算起日子，也有好一陣沒有寫養狗場的事了。原來老饒也是關心狗場的一位。

「執笠？」我笑著答道：「養狗場怎會執笠?!即使沒有人養狗，還是有狗遊遊蕩蕩。正如有貨便永遠有市場的道理一樣，只要有狗，便會永遠有人養狗，有人養，便有市場……」

「我不管你市場不市場，」老饒不待我再演繹下去，突然有所發現地打斷我的話說：「我來問你。你研究政治學的，西方人對治人一套有別於中國人治人一套，你是知道的。然則，西人養狗一套，是否與中國人養狗一套，也有區別？」

中國人治人如養狗

「嚇……這個……」我閃電地思索一陣，想他怎會有這麼一個問題，是不是他的問題被什麼情況感激而發？又或是難道他有感於中國人治人一套有如中國人養狗一套，所以有感而發？想到這一層，我終於提到了他的主題似的，倍加信心地道：「我想：中國人養狗，也確是與西人一套不同。這點也與中國人的政治一樣，也似乎早有傳統，你不是聽說古書早有論述嗎？正所謂『蜚鳥盡，良弓藏；狡兎死，走狗烹。』可見『走狗』不用了，命運是可悲的。西方人養狗卻不然，不但不會用完了便烹，而且還愛護備至，當作寵物。君不見香記養狗場的狗，不是被『鬼佬』養著、寵著，他們連回祖家也特意爲這些寵物辦理『移民』手續，又打防疫針，又買機票，再煩也要爭取這些寵物和他們一道回祖家。」

「這樣看來，西人養的狗，照情照理，應該比中國人養的狗更忠於主人了？」老饒又似乎有感而發地問。

我突又被這問題僵了思路一陣，心想：照人情來論，你敬我一尺，我敬你一丈，禮尚往來。但狗又似乎有另一套情理，不管你如何待牠，好壞不計，牠就是只報主人一個忠字，不折不扣的一個忠字。也正因爲如此，所以中國人罵人愚忠時、沒有骨氣時，便愛用狗來作比喻，也正因爲如此，所以中國人對於狗的忠心視同狗屎一樣賤不值錢。也正因爲如此，中國人看透了狗不會叛主走路，因爲忠心把狗困死了。想到了這一層，我也就很有信心地對老饒說：

「那又不然，不管是西人的狗或中國人的狗，不管牠們是否受到不同待遇，牠們對主人忠心卻很一致。」

「這樣看來，狗倒是很沒有頭腦，連起碼動物的本能也沒有。動物生存的本能是懂得趨安避危，狗連走避惡主的本能也沒有，只一味搖尾待宰。奇怪的是，狗既沒有這個生存的本能，倒又還能生存下來，這又是什麼道理？」老饒近於自說自話地問。

全國運動把狗趕盡殺絕

我想：這又是一個難題。不錯，中國人的政治也的確多災多難，連累及狗，更是禍害無窮，遠的不說，單說毛澤東時代，他恨階級敵人，恨到連人狗不分時，往往把人當作狗來處理，許多人被當作地主、惡霸，以及帝國主義的走狗而被殺。殺得恨猶未消時，連見了狗也當作敵人那樣來打擊，曾經有一個時期，全國運動把狗趕盡殺絕，而那時十億人中又有幾人會爲自己的狗而拼著老命去維護呢？想到這一層，我也眞不敢想像會有一個美國總統敢有勇氣命令全美國人展開滅狗運動，他即使有勇氣，也不會有運氣過得了美國人維護狗權這一關，最少，他會被美國人當作神經有問題來對待。奇怪的是，當毛澤東搞到與狗不共戴天時，中國人卻沒有人敢哼聲。而中國神州的狗隻便那麼糊里糊塗地受到一大災劫。更推得遠一點，當日本人攻佔中國大半個江山時，爲了更有效地圍殺中國人，便下令凡中國人家中留狗的便不留頭，日本人之這樣，原因是因爲日本軍人的行踪最易被犬隻發現，發現後便狂吠叫主人逃走。狗這樣冒生命危險去維護主人，主人也理該在日本人面前維護狗才是，但是，中國人的狗卻沒有那麼好運氣，所見到的，是中國人把自己的狗交出來，一一當日本人面前殺掉。想到了這一層，我也自覺奇怪，照道理，既然狗在中國受到了那麼多政治災難，理該在中國沒有狗存在才是，最少，那象徵意義的狗也不會再存在才是。偏是，中國神州不但有狗，連那象徵意義的狗，也都仍有人照當不誤。可見老饒的想法，不是沒有道理，狗在中國爲什麼還能生存呢？我想不出什麼好道理來，終於很勉強想到生物所賴以生存的另一個道理來，於是奪口而出道：

「狗雖沒有趨安避危的本能，但卻也懂得『自賤』的生存本能。君不見很多生物，因爲賤生賤格，所以生存的麼？狗之『自賤』也，搖尾啦、附主助威啦、同類相殘啦，在在皆是。」

老饒聽了，似乎又有所觸地，一面喃喃而去，曰：「倒也是的，一些人自我賤格，其奉承的程度，狗還不及呢！他們這樣做也無非是藉此求存麼？高等人而學低等動物的求存辦法？這成什麼世界！」

——香港《明報》一九九〇年三月十九日

狗流淚的寓言

話說狗原來也像人一樣，會有眼淚，而且也會因爲悲慟而掉淚的，甚至還曾用眼淚來與人溝通，與人一道爲悲慟而掉淚，所以人在遠古時便開始養狗，因爲有感於狗的眞情與忠誠也。

但後來狗不流眼淚了，因爲爲牠的主人把自己的眼淚都流乾了，再沒有淚水可流也。

事緣遠古時代，當人類還是過著打獵維生的時代，有一日，有一位獵人獵到了一隻野狗，當獵人行近正想殺死這隻野狗時，忽然見到這隻負傷的野狗淚涔涔下，而且還將前脚對著獵人下跪，是求獵人不要下殺手。獵人見狀，頓然生起惻隱之心，同時也好奇狗竟然也懂得垂淚來向人求情。於是將狗身上的箭小心除下，把傷口包紮好，正想打發這隻狗離去時，不料這隻狗不但不走，反而偎依著獵人不肯離去，最後還跟著獵人回到村裡。

每次上山都有豐富的獵獲

這隻狗不但會流淚，而且還表現得一片忠心，寸步不離地跟隨這獵人，獵人在村裡閒聊，這狗必跟隨在側，獵人起居飲食，也都有牠在旁廝守著，獵人上山打獵，這狗更是協助獵人搜索獵物，令到獵人每次上山都有豐富的獵獲，這好不羨煞其他的獵人。於是村裡人都知道野狗可以馴服爲人充當打獵的好助手，大家也都爭相去捕捉野狗。

由於這獵狗之鄉有獵狗協助，打起獵來，特別有成績，加上有人起了貪心，上山搜獵竟常常有超獵的行徑，久而久之，山林裡的野獸也因此而乏跡。這一來便引起別的部族的關注，幾經探查之下，發現原來人類出現了一個獵狗之部族，本來大家都可以照樣去豢養獵狗來打獵的，問題是出現了獵狗之後，獵物被超獵而有絕跡之虞，於是鄰近部族都群起圍討這個獵狗之鄉。當然，這個獵狗的部族也不示弱，而且借助於獵狗的防守與進攻，雖幾經圍討，也都還防守得住，加上族裡每有人戰死，群狗更是狺狺哭聲，加上淚水洶湧流下，場面感人，作戰士氣也因此堅持下去。

但人的智慧畢竟是高出萬獸，如此長期廝殺下去，不是辦法，何況其他部族所聲討的不過是這些狗隻耳。於是雙方在酣戰過後，回復人的理智，戰爭也就由武力轉爲談判，不料一談之下，對方提出和平的條件，赫然竟是要將獵狗部族的狗悉數吊死，而且爲了要警告人類以後不准再豢養獵狗，吊刑必須從嚴當眾執行，而且是一日吊死一隻，直到全部吊死爲止，吊時必須有人在旁高呼慶祝。

靈犬衝出人圍，逃回森林

雙方協議既定，正欲舉行吊刑時，群狗忽然當眾跪在人類面前，既狺又哭，淚水不斷地流下，狀甚悽慘，令到獵狗村人心一時不知所措，最後赫然竟見那位首先豢養獵狗的人把自己的狗當眾拖出，大義凜然的樣子，意欲首先願把自己的愛犬來犧牲。這時這隻首先獻忠的狗兒以爲自己又可以像以前那樣對著主人跪下，用淚水來感動他，不料，人的政治卻令到牠的主人頭也昏聵了，那還有什麼良心來感染牠的眼淚。這一來，更是令到這隻首創人狗合作的靈犬悲傷得緊，想到悲慟處，眼淚更是不停地流，最後當牠確實感到眼淚已不再能挽回主人的良心時，牠確也知道牠不能死，牠應該活著走告其他狗隻，今後萬萬代代，再也不能有眼淚，以免貽害狗類。想到自己有這任務，這隻靈犬冒死掙脫繩子，衝出人圍，逃回森林。

逃回森林後，這隻靈犬想到人與狗的合作竟然如此帶來悲慘的收場，不禁又悲從中來，牠日夜不停地悲傷，也不停地哭，牠也不想停止這哭泣與垂淚，因爲牠要把淚水流乾，以免貽害後代也。

果然，在不停地流淚的結果，這隻靈犬果然再也沒有淚水，而由這靈犬的告誡與遺傳下，地球上的狗隻便變爲沒有淚水的狗了。

——香港《明報》一九九〇年三月二十三日

狗場轉手的銜接問題

話說這日子由於香港有「九七」前景不明朗的問題，搞到人心興起移居他鄉，大公司也紛紛遷册，也有趁機轉手取得現款走人的。在這情況下，香記養狗場場主也就跟著潮流，決心把狗場轉讓。

可是頭疼的問題卻來了，養狗場這門生意不比別的，說轉讓就轉讓，不會有什麼手尾。狗這東西，認定主人，有的甚至從一而終，更有的千里尋主，還有的絕食而死，這種義狗行徑，凡是養狗者都會深切了解的，香記養狗場場主當然不例外。

訓練狗隻適應不同的人

他想到的問題好多，他逐個將場裡幾條名種狗一一設想牠們的出路。他想老虎狗應該沒有出路的問題，何況他過去曾訓練牠適應各種不同的環境與應付不同的人，更重要的一點，這老虎狗已學會像人那樣「對事不對人」，有了這本領，牠的「效忠」轉移肯定不會有問題，只要新主人能像他一樣，只給牠任務去忙牠則個，牠必然以工作來體現牠的忠心。老虎狗的特點，本身就是忠於工作，從工作去討好主人，所以牠應該沒有問題去迎接與討好新主人。

想到北京狗這娃娃狗，一向給自己寵壞了，成日寸步不離，又一向以賓主關係見稱的好狗。這種狗勢必難以適應新主人，與老虎狗恰好相反的，牠連侍奉任何人也不屑一顧，專以忠心見稱，更以忠於主人爲職志。因爲如此，與場主的關係已到了「骨肉」相依的程度，想到這一層，場主倒決心已定，這北京狗沒有轉手的問題，帶在身邊一同走其「天涯路」便是。

想到狼狗的問題，倒也很令場主傷腦筋，這些日子來，自己因爲狗場前景未明朗，大概也直接影響到了這隻又聰明又善解人意的德國好狼狗種，所以牠在場裡也特別顯得心神不定，茶飯不思，幾番闖出欄外，還有一回給人傷害幾乎送命。看來這隻較有第六感的狼狗已預見狗場轉手之後的新局面，牠這番連闖也似乎在爲自己找出路，但是場主不放心的是：這狼狗生性易犯人，雖惹人器重，但不易養得馴服，更難好好聽教。所以牠與新主人肯定會有一番掙扎。想到這一層，場主不禁爲這狼狗在胸前連番劃上幾個「十」架，爲牠祝福平安過渡到「九七」年後的新環境。

想到「多把門」，問題不大，反正這隻狗生性好惡，在自己手下豢養的日子，又把牠訓練得身經百戰，場主自己養著這隻「多把門」，用意也不過是讓牠充當「打手」，一個狗場不能沒有兇惡的「打手」，很多問題反正是非難以辯明，有的人又只愛纏住道理不放，場主那能爲這些人成日講什麼大道理，所以這種「打手」狗想必在「九七」後也會大派用場，所以新場主在接受這狗場時，應該也會懂得器重這「打手」狗才是。

新舊場主傾談接手問題

至於其他的狗隻，牠們不是擎場柱，其去留倒不成大問題。搞不好，大不了用「人道毀滅」也得接受了。

想通了這些狗隻的出路問題時，場主原以爲狗場的轉手應該問題不大了，但是當新場主到來傾談接手問題時，赫然竟是始終糾纏著新舊如何銜接的問題。

新場主最不放心的問題，是這些狗隻在舊場主豢養之下，對舊場主忠心耿耿，很難想像得到牠們不會仍戀棧舊主，甚至會因爲新場主接管舊主人的「江山」而懷恨在心，對新場主採取不聽話的態度，甚至更可能伺機發動群起進擊新場主。想到這一層，新場主毅然而決然地表示這香記養狗場有新舊主人銜接的問題，新場主堅持他接管這養狗場的最基本法則，不是讓舊場主的狗隻採用「直通車」的辦法，新場主絕不會讓他的狗場有半隻舊主人的狗隻留下，他堅持他要把原有狗場的狗清場後才接受這香記養狗場。

新舊主人暫時取得變通辦法

但是舊場主也有其生意經，他打過自己的算盤，如果新場主不接受他的狗兒，他背上的包袱卻大了，要拖住那麼多狗兒去移民，不要說得不到「簽證」，就是打起算盤來，也不合經濟原則。不肯花錢，又不帶著走路，最後的出路豈不要將這些狗兒全都採用「人道處理」？本來依照一般慣例，倒可以讓這些狗兒自動遣散，但在香記養狗場卻有不容「流浪狗」的慣例存在。除非舊場主在狗場移交之前把這慣例廢除。想不到談到了廢除狗場原有慣例的問題，新舊場主又有一番爭論，新場主堅持狗場的原有慣例一律不准改動，尤其是不准有外來狗隻或不屬狗場的狗隻在狗場流浪，否則這狗場豈不要變成「國際化」了，國有國界，狗場也有場界，如此讓舊場主的狗隻留下做「流浪狗」於情於理不合，所以新場主堅持舊狗隻與其主人絕不能在狗場裡保有原有「居民身分」。

雙方在幾經艱鉅的談判下，最後雖不能完全有什麼原則性的突破，但還是暫時取得一些變通的做法，那便是一面接受，一面就所滋生的問題，雙方用「密談」的方式傾談。之所以採用「密談」方式，蓋因狗也有靈性，如此有關處理牠們的命運的敏感問題，那能不對牠們「保密」呢？

——香港《明報》一九九〇年三月二十八日

中國人養狗「古方」

話說香記養狗場的轉手問題雖然曾引起不少爭執，但新場主最後還是堅持己見，認爲狗這東西，忠字當頭，對舊主既然獻忠，新主怎能信得過？一狗不能忠兩主，而且能將忠心轉移的狗，更不可靠，所以新場主始終不肯在接管時採用「直通車」的辦法，把原有場裡的狗悉數認收。這新場主有一個怪脾氣，他平生雖愛養狗，但與舊場主不同，舊場主具有西方人的習性，其養狗也，愛當狗作爲「寵物」，喜歡狗聽話，而且要狗「心理平衡」，平衡到要凡事適可而止，比如要狗能「惡」，卻不可以「惡」到動輒咬人。

西人的養狗哲學

原來西方社會，凡事都講究法治，狗該不該惡到咬人，也有其嚴格的法限，如果不在狗權利之下，咬到了人，重則狗要受到「人道毀滅」，輕輕地狗主也得賠償損失。爲了不使自己與「寵狗」受到損害，所以西方人養狗便很講究這套哲學。

比起舊場主的一套養狗哲學，新場主的一套則迥然不同。新場主養狗最是瞧不起狗只會吠不會咬。在舊場主看來，會吠的狗是懂得惡的狗，正如西方人政治戰略的一套叫做「威懾理論」，識得吠的狗便是識得利用「威懾理論」，只要能用吠便能嚇退來敵，何必用上牙齒？但這新場主的看法卻截然不同，他認爲識吠不識咬，是隻戇狗！識吠又識咬，是好狗；但更好的狗卻是不吠而咬，不動聲色，暗中突擊，狗之狗上狗也矣！

當然舊場主很不同意新場主這一套養狗方法，而且也曾正式作出勸告，提醒他儘管香港有「九七」問題，但〈中英聯合聲明〉已簽下黑字白紙的東西，說是香港「九七」後仍有特區地位，原有香港的一套法律照行不變，當然有關養狗的法限也都會不變，言下之意，要新場主遵守香港原有養狗的法限：第一不准隨意放縱其狗隻肆出咬人，而不動聲色，從暗出擊，更不能被香港人所接受。

新場主的養狗方法

但新場主積習已深，何況他從內地鄉下長大，早已習慣了鄉下人養狗一套，而且他也深知，正因爲香港有「九七」問題，將來的時勢政局不穩定，社會治安也都會愈來愈屬於「中國症候」，如果照舊場主一套養狗辦法，養出來的狗只識得吠而不識得咬，怎能保得住狗主的利益？這樣的狗肯定沒市場。所以他把舊場主的勸說，當作是「不識時務」。何況他不但不會照舊場規那樣去料理狗隻，而且也將其在鄉下習見養狗的一套「古方」，施展在這香記養狗場」。這套「古方」也正好與西方那套專注維持「神經平衡」的「鎭定劑」反其道而行之。這「古方」便是在狗隻的食物摻上那由中國人的特有天資發明出來的「火藥」，據這家傳「祕方」所說，狗隻長期服用「火藥」的結果，便好似「爆仗」那樣，火藥被悶在心裡，火線頂在嘴尖，只要碰上什麼「火頭」，便立即不經思索，直燒心裡悶著的「火藥」，片刻便要爆炸。

決定用「古方」養狗

更令新場主覺得舊場主「不識時務」之處，是舊場主居然相信香港有「九七」行政特區的地位，而將保有舊的法治維持不變。他可完全不信這一套，他在內地長大，充滿內地人不信政治有什麼法治的一套，在他，政治便是「無法無天」，便是「造反」，便是教人怎樣「專權」，不懂得這一套的人，肯定要被「玩完」。何況英國人在內地以前不是有什麼「漢口行政區」、「廈門行政特區」，不也有什麼照舊統治不變的麼？然，這些地方一接過手不立即被「中國症候」所感染麼？基於這個經驗，所以新場主早已立定主意，不但要用「古方」養狗，而且還決定把場裡原有的洋人狗隻一概掃地出場，蓋因內地政權最不喜歡看到洋人狗隻，在這些當政者看來，這些洋狗是殖民地主義的象徵，是伴隨殖民地風而來，反殖民地風，便得反對洋狗，是天經地義之舉也。

——香港《明報》一九九〇年四月六日

中國人在澳門狗場自踐

當年西方人及日本人，在中國橫行霸道時，在上海租界內有一個公園，園門上寫著：「華人與狗，不准進入。」這在任何人看來，都實在過分。把所有中國人與狗同等被列入不准進去逛這公園，這種污辱實是無以復加。當然，中國人受此污辱後，不但恨上外國人，同時也都連帶極致恨上當時的執政者，尤其是以極致愛國自負的共產黨，更是認爲找到什麼最佳革命「口實」，咬定一定要打倒當權者，否則無以救中國，無以救中國人。共產黨還以此叫喊了幾十年，藉以提醒中國人有此一宗「國恥」，提醒中國人要感激共產黨不可，因爲共產黨救了中國人，使中國不亡。中國人應對共產黨領導人感恩戴德。

把人變狗的政權

事情也已過了大半個世紀，中國共產黨也已執政超過了四十年，這四十年來，中共一黨專政，自己全部包下了政權，外國人、外國公司，已不復像當年那樣能在中國大陸橫行，他們與他們的公司都已全被掃地出門。所以當年的殖民地主義、帝國主義已無復在中國大地上拖累中國，欺侮中國人。中共也大言不慚地向世界宣示：中國人在中共領導下，已光榮地站起來了，中國人也從來沒有如此能拍胸膛地自傲過，能夠做自己的主人。

但是，中共的這個自豪，中國人民是否眞能認同？這在中共推翻國民黨之前，大家還很難說，但到了文革，人民已心裡有數。文革過後，有「七九開放」的諾言，有人姑且再信他一次，有人則半信半疑。但到了「八九」足足搞了十年「開放」，仍然再來一個「天安門大屠殺」，接著在全世界鬧著共產政權改革熱潮的「大氣候」下，中共獨來一個「用一切代價，堅持共黨專政」。於是乎，中國人的「自尊」再度受到了一個致命的打擊，有的人自覺敵不過獨裁者的槍炮，又過不慣「不自由，毋寧死」的環境，於是乎，「三十六著，走爲上著」，不言如何走法，總之，能走出中國政權便是福，再於是乎，我們便見到了在澳門上演的一幕「中國人在狗場互相踐踏，五死、二百多人受傷」的慘案。

歷史的巧合　中國人的悲哀

又是在殖民地，又是由外國人來主持，又是由中國人與狗來主演，我的天！這不是巧合，而是必然的結果，在任何極權獨裁無人性的統治下，人都會變得沒有「自尊」，不要說你叫他們到澳門的「賽狗場」去排隊領取葡國殖民地政府發出的「身分證」，就是你叫他爬過狹小的「狗洞」，也都有人會趨之若鶩的。事實上，澳門的政府也夠「幽默」，警察局太小不能容下那麼長的「人龍」，便立即開放「賽狗場」，偏是連這「賽狗場」也太小，因爲要逃離中國政權管轄的人太多，一夜之間，鄰近澳門的中山縣各地風聞有機會可博取澳門的「身分證」，不管是偷渡，抑或是游水，更或是硬闖門口，大家都會奮不顧身，衝向那狹小的「賽狗場」小徑，偏是又風聞機會有限，大家便如此由後衝撞疊上，互相踐踏，不管他人死活，唯求自己逃出生天。

這在當權者看來，會不會臉紅呢？不會，他們只會恨這批「天朝棄民」至於入骨，恨他們如此沒有民族「骨氣」，恨他們竟然自我下賤到自降人格到了「狗與人間」的地步，在痛恨之餘，當權者便會更有理由加緊革中國人的命，革鬼佬的命，早日把澳門收回，以免其再出現丟中國人的「體面」。這一套，過去如此，今日也然。於是乎，中國過去把一切罪孽歸諸洋人與漢奸，今日也都會把一切罪孽歸諸洋人與漢奸。於是乎，過去把一切租界與殖民地收復回來，以爲這一切都會因此而更好，以爲沒有洋人的中國，便有幸福民主的明天。於是乎，今天也會加緊收回澳門與香港，以爲這一來一切都會更好，因爲到那時已沒有洋人與漢奸，中國人的幸福與民主便有了保障。

悲哉！孰令致之

這樣的一種歸罪，是最簡易廉價的歸罪，你敢說不是嗎？你敢說收復失地與驅趕洋人不對嗎？你敢說湧到狗場去排隊討取「殖民地的居民身分」的做法是正義的行徑嗎？這一切你都不敢說，否則，你把中國領土完整，中國公民身分，放到什麼地位上去？

於是乎，於是乎，中國人在反洋人與反漢奸的聲威中，難道眞看不到一個更基本的問題：爲什麼中國人竟然下賤到被等同於狗的地位？當年的中國人既然會認清中國人的地位低下，中國執政者難辭其咎。同樣，今天與將來，中國人的手指也同樣會指向當權者。大家該認識到不尊重自己人民的政治，人家又怎樣能尊重你的人民？要人家尊重中國人，中國人的政府要首先學會尊重中國人。自尊不是賜予，而是徹頭徹尾的一種人格培養，沒有好的政治環境，談不上有這種培養。在長年鬥爭戰亂的環境下，妄想人民不自賤作豬狗，難矣哉！

——香港《當代時事周刊》一九九〇年四月七日

新場主的策略

香記養狗場的新場主決定以「中國狗」在場裡「掛帥」，是因其獨具的中國人傳統所有的慧眼有以致之。

一來，他不但知道洋人這些狗隻正被他們的「人道主義」寵壞了，既預見「九七」後的政局與社會都會有嚴重的震盪，這些「寵物」不能再有市場，所以養著「寵物」消閒的時代已然逝去，養著血裡流滿「火藥」的狗隻的時代，肯定已然到來。二來，他不但知道洋狗的寵性難變，而且也更知道中國狗是由五千年「中國症候」培養出來的狗性，最適合中國政權統治所及的地方，蓋因中國政治傳統打殺慣了。

所以當新場主接手香記之後便實行其傳統的一套，這傳統的一套有以下幾招數：

從動物行爲中找靈感

第一，愛養雌狗。這一招數，也是一絕，看官有所不知，中國人是個古老的民族，很多習慣都是從動物的行爲裡去找靈感。例如中國人的功夫，什麼猴拳、鶴拳、螳螂拳，都是學到十足動物的絕招引申出來的功夫。中國的政治，每有什麼亂世，當政者已經失去男性「荷爾蒙」時，往往就會有陰盛陽衰的現象。所以中國人有句老話「牝雞司晨」，指的便是女人當政的現象，而且還說每當這現象一出現，天下便不可安寧矣！雖然也有人指出，認爲這話十分封建，爲什麼女人當政便一定會天下大亂呢？先不說這話是不是封建，且說歷朝女人當政的情況，確也是到了當政者失去男性「荷爾蒙」，已沒法管天下，迫得女管家非要接過權柄不可，劉邦的呂太后、唐朝的武則天、清朝的慈禧太后、毛朝的江氏幫，都是出現男當權者不是老衰便是幼弱，非要女管家出面不可。中國的政治之所以有識於女人有收拾殘局的「重藥」作用，這一套大抵也是從雌狗的看家本領所得來的靈感。而香記養狗場的新場主則更認定如果要發展狗場，則非要借重這雌狗戰略不可。因爲憑他養狗多年的經驗，雌狗不但忠字愛字兼有，雄狗看上有什麼心動對象時，往往會忘掉了忠字，而只有愛字，雌狗則沒有這弱點。更了得的是，雌狗有雄性所無的特性，那便是其具有愛護家園的天性，尤其是當她有子在旁時，更是兇惡異常。

新場主慧眼物色良犬

基於這個認識，新場主確實也夠慧眼，一入狗場便物色到一隻母狗，其爲狗也確實夠得上場主的要求。第一，她敢樹敵，這個特質眞合乎新場主心意，不是嗎？「九七」後的香港政局難料，社會安定「凍過水」，如此一個社會，不敢樹敵的狗，怎能依賴她保護家園？第二，對敵人，虛虛實實，脾氣摸不透，對主人卻一片忠誠，好狗！不是嗎？如果對敵人，虛實被摸透，那便失去戰略優勢了，所以，你不要以爲這母狗平日瘋瘋癲癲，吠無倫次，其實她是：虛之實所伏，實之虛所埋。第三，主僕有序，這也是難得的「瓜理地」(quality也)。當狗者如果不知主僕有序，在下亂上，咬敵人咬到主人身上，那還了得，所以此姝（狗是否也可以像人那樣被稱爲姝？待考。）儘管常常扮瘋，作亂犯上的行徑卻不敢有。第四，有守門狂，正因爲有此狂，所以任何有什麼風吹草動，必然立卽起而磨牙以待，在她，是寧願咬錯九個，不要錯放過一個。第五，正因爲其有猛於守門的「瓜理地」，所以此母狗對於主人的一切權利守護甚嚴，凡人只要敢動主人一根毫髮，卽使是場裡一根草、一張椅，都不能搬動，否則此狗瘋性必作。

話又說回來，看官也許仍記得，舊場主在眼見香港有「九七」問題時，不也是認識到母狗較有「敵死拚」(discipline)，因而採用「母狗上場」的策略的麼？但舊場主與新場主在這個問題上的策略仍有一個最根本的本質上的不同。舊場主的母狗策略，基本上還是百變不離其宗，這便是要母狗要吠不要咬，所以場上所見到的母狗仍然主吠不主咬。雖然其中有一兩隻，超越界限，搞到不少人挨上了不少牙痕，但場主仍然不承認這是「既定政策」；而新場主對這隻母狗的「既定政策」卻是「寧咬不吠」，所以當此姝忍不住癢時，新場主則常常給予警惕，告誡一番。奈何人有缺點，狗有弱點，此姝仍然學不透「寧咬不吠」的大原則！搞到新場主常爲此姝不開心，不開心的不是她不咬人，而是爲什麼決定要咬時，還有必要去吠呢？毛澤東的最高游擊戰術，不是教人「偸襲」的麼？

——香港《明報》一九九〇年四月十三日

新場主的第二招

新場主的第二絕招是看透狗的一大弱點「領土佔有急迫感」（英文叫 territorial imperative）。

看官看了這個怪怪的名詞，也許會像丈八金剛摸不著頭腦，其實這也沒有什麼深奧的道理，就好像香港人愛「炒地皮」，地產商更是「炒地王」，他們這種行徑，也正是 territorial imperative 天性的發揮。

原來科學家發現，動物之中，有很多是具有「領土佔有急迫感」的天性，有這天性的特徵時，便是在他們腦中常常盤算著某塊地域是他們的勢力範圍，不准他人染指，否則，他們便要拚命維護這個地權。

根據這些科學家所發現，原來人與狗也都有這種強烈的天性。人有這種天性的神經反射便是表現在中國人興建萬里長城的行爲，這個案例爲科學家提供了強有力的例證。而狗在自然生態中的「領土佔有急迫感」，可以從狼對「炒地皮」的熱烈行徑，盡窺無遺。狼「炒地皮」的投入感實不輸給香港人，牠們佔有一塊地域後，會盡一切心計去維護其主權，也許正因爲狗與人都有這共同天性，所以狗成爲人的最好夥件，蓋大家都有共同語言與欲望去守護他們共同的家園也。

將固有天性推至極限

新塲主從這種狗的天性，發覺了一個極大的養狗祕密。他深知，只要加以製造條件，把狗的這種天性推到一個極限，狗便會誓死爲其主人捍衞「地盤」。

新塲主的這種信念，已充分從香港政府的批地政策中得到加強。在他看來，香港的批地政策，也正是把香港人的「領土佔有急迫感」的天性推向極限，這辦法很簡單，在批地時，盡量採用「投標競爭」，叫各「炒地王」互相競投，有人志在必得時，便會不惜付出任何代價，惟求把這塊地搞上手，如此，層層闗闗，競相投標，熱烈爭持，終究會把這些人的「急迫感」推向瘋狂的狀態。一旦到了這種境地，這些「炒地王」便會日夜計算心思，有腦力，用到盡；有計謀，求到盡。甚至什麼法術也出盡。所以，在面對「九七」問題時，有人看到了「主權轉移」的政權易手出現了「權力眞空」，舊政權的心態是「能炒的快炒出手」，而新政權的心態是「提防炒到盡頭，無機可炒」。面對這種情況，「炒地王」便想到在這兩邊「搵飯食」。於是便出現了「炒地王」紛紛採取特別熱烈的「政治表態」，他們的表態遠遠超出其他行業的現象，正是港府把人的「領土佔有急迫感」的天性推到極限的結果。

採用同樣的辦法，新場主也都製造條件，把場裡的狗用「炒地皮」的辦法，把牠們的「領土佔有急迫感」推向一個極限。

這個辦法也不難辦到，只要把場裡的狗，各就各位，各狗都給牠造一間狗屋，而且把牠們綁住定居在特定的狗屋，過了一段日子，各個狗隻便會有清楚的領土佔有感。

在狗隻間製造「矛盾」

一旦有了這佔有感後，新場主便會伺機在牠們之間製造這樣那樣的「矛盾」。這個「矛盾」的挑撥，也都不難促成，只要把好的「骨頭」堆到某一間狗的領土範圍內，其他狗隻便會冒著打架來進取這些「骨頭」。這時這隻佔有骨頭與領土的狗的心態，正是「魚我所欲也，熊掌亦我所欲也」。魚與熊掌都想兼得，那容錯過，必然會奮不顧身，瘋狂地發揮其狗牙。這種情況，也都絕不下於香港「炒地王」在競投地王時的那種狂態也。而其他的狗隻也因爲愛啃「骨頭」的天性在作祟，同時更有不讓他人專美的心態，更加上牠們天生愛以群欺單的劣根性，這時也都勢必結群來犯。看官也許以爲這隻狗形孤勢單，必然就範，殊不知，狗的「領土佔有急迫感」令到狗命都不要，那還顧得了牠們狗多，也都會奮起應戰。

經過了這場攻防戰以後，如果這隻狗不死，牠便算經得起考驗，新場主便會特別器重。反之，如果被群狗咬死，也命有應得，不足惜，這不是新場主沒人性，蓋「商場如戰場」中有誰會爲死兵嘆息，只有爲戰敗痛惜耳，這可以從戰勝後的狂歡心態，窺見一斑，他們何曾因爲有死兵而不爲戰勝狂歡的？

更何況新場主要培養的是「惡犬」耳！不惡的狗他連養也不屑養呢！養了蝕米，不合經濟原則。

以新戰術訓練狗隻

新場主採用這種戰術，連番磨鍊狗隻的結果，不旋踵，果然豢養出一隻又碩壯、又善戰、又好鬥、死不要面臉的第二隻「招牌狗」。

說到這隻「招牌狗」，其勁鬥處，不只是牠的能鬥善鬥，而是牠死不要臉。

所謂死不要臉，看官有所不知，舉凡狗打架，大家都深知最保不住的地方，便是狗臉。如果你惜住你的狗臉，你便不能參戰。因爲狗家們都愛往對手的臉上落牙。這個戰略絕不輸給毛澤東的光輝戰略思想，毛澤東愛打「殲滅戰」，狗兒們也都有這「殲滅戰」的戰略思想，蓋因狗的極大弱點都長在其臉上，呼吸系統啦，食道系統啦、視覺系統啦，三大生命線長在一道，如在這個狗臉落牙，一般不死，都會慘傷。

正因爲這隻「招牌狗」能戰善戰，所以死在牠牙下的狗不少，而牠呢，雖保得了性命，卻保不住牠的臉面，原來這隻招牌狗的臉長得闊而圓，因爲闊而圓，對手不易致其死命，但狗臉少毛，倒也遮不住牠的「牙痕」，使牠變得嘴歪牙突，煞是有副「醜相」，一見便知「乞人憎」！

——香港《明報》一九九〇年四月二十日

狗被遺棄種種

狗雖然被人當作是最忠實的獸類，而且還被人豢養了好幾萬年（這個估計是根據一九七六年在非律賓被人類學家發現了一個現時仍停留在石器時代的部落，住在森林裡，還養著狗呢！）。但是，儘管如此，狗還是經常被人遺棄或放逐，就好像一些政客被人遺棄放逐那樣。（想起來也眞可憐，被遺棄或被放逐者對遺棄狗（或人）者如此一片忠誠，到頭來卻落得如此一個收場，怎不叫人覺得可憐。）

狗被遺棄或放逐的形式有好幾種，傳統與現代方法也不同。傳統的方法，是把狗用蔴袋綑著，希望牠未能認路回家，然後扔到偏遠的地方，這方法很不妥善，因爲狗仍會緊跟著主人，寸步不離，叫主人揮之不走。即使主人有辦法脫身，狗的嗅覺奇靈，也會跟著主人的什麼味尋蹤回到主人家裡來。正因爲有這種麻煩，所以放棄者有的狠心起來，索性便把狗宰了烹來大饗一餐，或者自己不忍心時，轉交給他人完成這遺棄的工作。

因爲傳統遺棄與放逐方法不方便，也不完美，所以近代人在什麼也講人道主義之餘，遺棄或放逐狗的方法，也有一套很人道的新方法。那便是遺棄者把狗交給一個組織，叫做「人道社」。這組織收留到這被放棄的狗之後，便會想法叫人來領養，如果在一段短時間內，沒人肯將牠領養，這狗便沒好運了，會被採用「人道」消滅方法，用一枝針藥打在狗身上，叫牠無痛而被消滅，可見這所謂「人道社」，最終也無法一一對所有的狗「人道」的。

設立這「人道社」的辦法，在西方先進社會很與，這算是他們對被遺棄者的一種管制，不能讓狗隻在失主之後，到處流浪，心態不平衡，身心不健康，對人起了一種仇視，甚至變成野狗、瘋狗，到處亂咬人，危害社會。所以西方社會對無主的流浪狗是一點也不放鬆的，人人見了無主人拉住的狗，便立刻報告捉狗的「人道社」，加以「人道」處理，不致危害社會。比起我們中國人的社會來，既沒「人道社」，被遺棄的狗四處糾群亂狺亂吠，對人非常仇視敵視，常常咬傷行人。這正有如中國人的政治那樣，對於一些失意政客，沒設制度典章去處理他們，搞到他們在失意失落之餘，不被「人道」處置，還四出亂狺亂吠亂咬人，叫人見了這些被人遺棄或放逐的政客，都遠遠走避之，有如見了流浪狗那樣，可見中國人的社會，對於被遺棄的狗或政客，都沒有一套妥善處理方法。

一般狗被人遺棄或放逐，原因多多。中國人一般養狗，是爲了守門、保護主人財物與居家安全。這種狗的標準操守，必須是對門戶、主人盡忠職守，如果對這一有差錯，便被視爲失職，勢難逃被逐的命運，也有人逐狗是因爲狗不聽話，叫牠坐牠站，叫牠行牠跑，瘋瘋癲癲，這樣的狗也十有九被逐。也有狗被遺棄是因爲牠忽然狂性大作，成了瘋狗，成了危險的動物，對主人不安全，對他人也危險，這種狗十有十要被處決。但要判別一隻狗是否瘋，也不簡單，香港有漁農處專家，還可以加以判斷，但一般中國人的社會，狗瘋與否，不能靠咬人與否來判斷是否瘋，因爲中國社會的狗，愈是咬人，便被主人視爲良種，這與西方社會不同，狗放出來咬了人，是犯法的，主人要受罰，而且要立刻抓去檢驗是否有瘋狗症。中國人有喜愛狗咬人的癖，所以常常發現大批瘋狗，互相鬥咬、互相傳染瘋狗症，也都沒法把牠們抓去檢驗，因爲中國人不准人去染指其狗，而且視「打狗爲欺主」也。

還有一種逐狗的原因，是因爲主人搬家，不能把狗帶著一道搬，所以只好將牠割愛，留下在原居地，成爲流浪狗。在此情形下，有的狗也懂得像一些政客那樣，懂得轉移「忠心」，另找主人來效忠。這樣的狗，在中國人看來，反而是視爲「祥狗」，因爲中國人傳統上視「來狗興家」，這也有點像中國人的政治，不是嗎?兩派勢力相鬥，仇恨愈深，便愈想法收買對方前來投奔，把敵人前來投奔視爲「各方來朝」的興盛現象，有時還會賜以萬兩黃金，甚至要以美女，用美人計來套取投奔者的「忠心」。

放棄狗還有另一個原因。在政治上，有政客偷吃(貪污也)而被放逐、遺棄的現象；在狗的世界，也一樣有偷吃的現象。一般主人，都不喜歡自己的狗偷吃，要嘛光明正大地吃，主人給，牠才能吃，不給，便只好望天打卦。但偏是一些狗貪饞，見有機可趁，便大饗起來。這是一般人養狗對狗有這種行爲守則。如果是專業養狗界，對這守則更嚴緊。例如專養保安狗的行家，對其狗隻的偷吃，便全不能原諒了。不要說偷吃，連第二個人餵食，牠也不能接受，只能認定一個人才能接食。這道理也很淺顯，因爲怕盜者用肉作餌，在食物上放毒，讓保安狗吃了中毒，盜者便可因此得逞所願了，因此保安專業狗是絕不能對食物掉以輕心的。而一般專業保安狗，卻也在食的紀律上，很有操守。反觀專業政客，雖名爲專業搞政治，竟然也敢在人前偷吃。人不如狗，不也夠諷刺嗎？

——香港《星島日報》一九九一年十一月十二日

狗偷人做？人偷狗做？

狗會偷吃，這是人盡皆曉的事，就好似商人會偷，這也是人盡知曉的事。

但對於狗來說，儘管給牠偷，也只不過是偷個肚飽而已，牠又不會儲財，再偷也偷不發達。同樣，對於商人來說，儘管人會儲財，給他任偷也不會偷到無止境地發達起來。因爲偷來的財，畢竟是用不正當手法，在他人手中弄過來，這早晚要「東窗事發」，給人揭發出來後，便在商場上無地自容。因爲他的信用掃地，人再也不敢或不願意與他有商業來往，他的發展便很有限了。何況他之所以會走上偷的門路，可見才力有限，否則很難想像，在商界裡，財富無窮無盡，有才幹的人，財來自有方，那會去偷?!

在落後的地方，人窮狗也窮，狗會偷吃，因爲人自己吃不飽吃不好，狗爲了餓得發慌，出此下策，也是可以理解的。同樣，在落後的窮地方，商業機會少，一些商人爲了生存，而出了偷的下策，那也是形勢所迫，雖應被譴責，那也可以理解。

可是在富裕的社會裡，錢多人作怪，不但自己吃得講究而出奇，連給人養的狗，也都吃得講究而出奇。例如在香港，有人養狗還餵以「當歸」、「花旗參」，甚至「冬蟲夏草」，把狗當作人那樣來補其身。

富裕社會商人吃不厭

處此情況下，狗很少會偷吃，因爲他們的肚子沒空閒過，不患上「厭吃症」已夠幸運了，那還會偷吃。同樣，在富裕的社會，商人的機會多，賺錢的方法也無奇不有，總之，不犯法的生意人都會想到來做，不會去冒犯法紀，因爲這划不來。但這不等於富裕的社會便沒有商業犯罪，只是犯上的人，便很難被人理解，會覺得這樣的人，還狠過狗。因爲狗會厭吃，怎麼他們竟會有吃不厭的呢？

通常偷吃的狗會給主人或被偷者所追打，嚴重點，還會被捉去人道毀滅，或是放逐，最終成爲流浪狗，無主無靠，處境是可悲的。同樣，會偷的商人，一旦被抓到，也會被其商業夥伴追究，如果是上市公司，更會被證監處追到「內庫」裡去，叫他無所遁形，還會坐牢以示懲罰。這命運無異於狗所受到的「人道毀滅」，只是比狗更慘，因爲狗被毀滅後，一了百了，商人被「人道毀滅」卻是還得揹上「商業犯罪」的烙印，在商界裡挨埋後半世，處處被人提防，其苦自不堪言。

中國商人不自尊自重

在中國人的社會裡，一向愛養狗，卻又不尊重愛惜狗，把什麼壞的東西，都當狗來罵，如「狗娘生的」、「走狗」、「狗不如」等等，名堂數不盡。同樣，在中國人的社會裡，雖然商業發展的歷史已比他人更早，但也都不尊重商人，把商人的社會地位排在士農工之後。在政治上，更是把什麼失控的社會問題都歸罪商人，連農民窮困饑餓，也都要商人負全責，歷史上百揮不去的「重農抑商」，便是出自這個看法。

究其原因，狗之所以受賤於人，大概因爲牠對人太低聲下氣，尤其是那些不對主人從一而終的狗，更受人唾棄。同樣，商人之所以受賤於中國人的政界，大抵也是因爲中國人的商人，對政客太低聲下氣，走政客門路，後門偏門，總是想法去投，而且絕不會從一而終，今日有權今日最，明日無權莫去追，如此失格、失儀、失態。落敗政客見當日自已的「王謝門庭」，今天竟落得燕飛糞落的境地，當然懷恨在心，而當權政客也都懂得前車可鑑，鄙棄警惕無所不防。

奇怪的是：狗被人養殘了，無法獨立，無法擺脫人，可以理解。商人有的是物資、人才與機會，任他們運籌帷幄，像西方資本主義者那樣應自有一套自己的意識形態才是。但中國的商人卻始終要去闖政客的後門、橫門、偏門，不求自立自尊自重，這與偷的行徑其實是同出一轍，難怪中國商人幾千年來被中國人貶低，這與他們中有人擺脫不了偷的行徑，大有關係。

——香港《信報》一九九二年六月十日

狗失笑記

話說狗原是玉皇大帝身邊的一位大臣，名叫「神州太守」，取名於在其職責專門看守神州人民的權利福祉。但後來因爲他在這權利與福祉問題上，開罪了玉皇大帝，因此被貶下凡爲狗，而且還特地下放到神州。本來是照顧神州人民的太守，反而被貶爲神州人民的狗，叫神州人民日日夜夜去虐待他，以表示對他的懲罰。

事緣這「神州太守」有見於神州人民常受水災之患，便向玉皇大帝呈上奏摺，參告兩位大臣，一是專責打雷下雨的「雷霆太守」，一是專責統治神州河山的「龍顏太守」，說他們兩位大臣只懂得夜夜笙歌，常常失職，因此搞到風不調，雨不順，四季失時。「雷霆太守」更荒唐，有時縱樂過度，一睡不起，不知天上一日，人間已三年：三年不雨，大地旱災，死人無數。而「龍顏太守」自己也都一道昏睡。本來他的職責是要按時督促「雷霆太守」打雷下雨的，可是因他不依時依候去督促，也就令神州的雨水失調。這使可是幾經告狀，「雷霆」與「龍顏」兩位大臣總是有辦法維護自己而無罪過關。

「神州太守」很無奈，尤其是時處神州災難年頭，他更是耿耿於懷，不但在朝常用言語去衝撞兩位失責大臣，而且還常常在朝廷上自洩其憤地採用哈笑攻勢，一旦見有荒唐行徑，他便極其誇張地引頸大笑乾笑冷笑狂笑。久而久之，終於被玉皇大帝察覺。一日，他正聽了廷中有人出了荒唐言，他又引腔狂笑。玉皇大帝抓著這把柄，立刻厲聲向「神州太守」喝道：

「呔，誰敢在孤面前如此放肆狂笑，有辱孤家寡人！」

雖然大帝並沒點出「神州太守」姓名，但通朝上下早已把眼光射向他。而「神州太守」也早料到有這一日似的，臨危反而鎮定地，跨出行列，躬一躬身，向上奏道：「請吾皇息怒，是小臣失儀，有冒犯之處，誠非有意，蓋嘻笑怒罵乃神之常情，何況天上乃眾仙神快樂之境，嘻笑之情更是常事，不想吾皇視此為犯上，臣罪該萬死，請吾皇賜罪！」

「呔，斗膽刁臣，還說什麼有意無意，你恣意用笑來作政治武器，何止一日?!你當我盲的聾的？」

「神州太守」見狀，沒開聲，但臉上仍不失先前的笑意。

玉皇大帝見狀，更是益發怒不可收：「呔，你還不自收斂，還不放下你這政治武器，該當何罪?!」

「龍顏」與「雷霆」兩位大臣見機會來了，趁機跳了出來，滿臉肅殺地奏道：「吾皇明鑒，神州太守這一向嫌小臣倆管治神州不得法，既然他在天上不快樂，又肯爲神州人民痌瘝在抱，不如就此送他下凡去服務人間，以此贖罪。」

玉皇畢竟是一天之主，能怒能收，立卽手指一點，把「神州太守」化成一犬，隨手一揮，這隻犬便往下界飄逸而去。玉皇還當眾宣告：「爲了懲罰此刁臣，他下凡之後，永不得有笑容，更無笑聲，只懂得發出狺狺吠叫，只此而已。」

果然，從此在神州人間所豢養的狗隻，只懂得吠，不懂得笑，更全無笑容，見有什麼要說要吐的，也只能用尾巴，用吠聲，或是張牙，或是舞爪。因爲臉上肌肉無法笑，因此也就無法運動臉上肌肉，久而久之，臉上也就無肉，只披著一重皮，而且長滿毛，成了今天的狗樣，狗咬狗成了牠們唯一的政治手法，嗚呼哀哉！

——香港《信報》一九九二年六月十二日

狗死跳蚤散

中國人有一句俗語—「樹倒猢猻散」，意指那些攀附權勢的人，一旦見勢不妙，知道這政權或權勢不保，便紛紛背棄而去。用樹與猢猻來形容權勢與其黨羽的關係，形象是夠形象，但卻有點不科學。因爲樹也者，能負上那麼多猢猻，可見其樹之大也非三天兩日長成，卽使是普通一棵大樹，其倒下來也，亦非同小可，則坐在樹上的猢猻哪能還有命？所以樹倒猢猻亡，則接近事實。散！哪有這麼從容？哪有這麼寫意？而事實上也確是如此。任何中國朝代其權勢倒臺時，那班「猢猻」的收場不是很慘烈嗎？所以「樹倒猢猻亡」會更貼切些。

由這「樹倒猢猻散」一語，倒令我想起一個更貼切的類同形容詞。那便是用狗蚤與狗來形容政權或權勢與攀附者的關係，而「散」字用在這裡倒是很貼切了。因爲狗蚤的確是在狗倒下「死了」，它們才會從容散去的。所以說「狗死跳蚤散」，那是不錯的。

不錯，猢猻不會攀附一棵樹而終其一生。樹林裡樹多得很，牠們平日由一棵樹跳向另一棵樹，這種習性用來形容攀附權勢的人，是很形象化的。但是樹用來形容權勢或一個政權，那倒不是很恰當的。因爲一個權勢或政權，其叱咤風雲的那種勢態，豈是一棵靜止不動的樹能喻其於萬一？正因爲如此，倒又使我想到用狗與跳蚤來形容權勢或政權與政客的關係，比樹與猢猻貼切得多。

如果要形容一個政權或權勢，樹的確非狗可比。狗有義狗、瘋狗、惡狗、走狗、獵狗、守門狗、警犬，林林總總。這就好比一個政權或權勢那樣，有正義的、有窮兇極惡、有幫兇的、有助紂爲虐的。如果用狗來形容這些政權或權勢，簡直恰切不過。

那麼狗蚤呢？更是非要附在狗身上不可。因爲那裡好吃好住，又可以附在狗身上得到十分保障。尤其是那些鬆毛狗，多到連梳子也插不進去，狗蚤附生其中，如得溫床，要跳要鑽，悉由尊便。肚子餓了，把蚤嘴插進狗肉，吸個飽，甚至不必把嘴尖拔出來，可以趁機睡個懶覺。以這樣的狗蚤形象來形容攀附政權或權勢的政客們，最是恰當不過的。就如狗蚤那樣，把狗搞得周身不自在，好似政客在刺激著一個政權那樣，搞到這個權勢或政權變得坐立不安，非要叫狗坐立不安，神經不平衡，以致狂吠或咬人不可；也就是搞到這個政權或權勢失去權力平衡，非要進行高壓或做出不正常的事一樣。

狗與跳蚤既然如此合拍搞不出什麼好事來，一旦狗被跳蚤搞到最後非垮不可時（因爲跳蚤把狗吮吸得遍體沒有一寸健全的皮肉，因而患生皮膚病），跳蚤並不義氣到與狗同歸於盡，而是當狗倒下死了，跳蚤吸不到血，也就在其體溫逐漸減弱前，知道這個王朝氣數已盡，跳蚤這時便會發出牠們的跳槽功力，紛紛散去。這時又好像政客之感到一個政權或權勢之要崩潰前，紛紛跳槽那樣，就好比跳蚤跳到另一個狗身上，去攀附於另一個政權。

香港既是有九七政權轉移的現象，時下也正是政治跳蚤現演跳槽功力的時候。看官不是看到了這歷史性的散檔時刻，跳蚤正在發力跳過別狗身上的奇境嗎？

——香港《信報》一九九二年七月三十日

狗會「和平演變」

近來在香港頻頻發生盜狗事件，這眞是無奇不有。所奇者何也？因爲狗也者，其從屬感非常強，一旦認定了主人，終生不易，眞有從一而終的忠心。要不然人就不會去養狗啦，而人也最恨狗之叛離，隨便認親的狗，多被主人正法，那是可以理解的。因爲狗之與忠所以拍得那麼緊密，主要是人之所以養狗不是爲守門戶便是爲了寵玩。守門狗一旦不忠，便要引狼入室；寵物狗一旦「人盡可親」，主人也就要吃醋了。

然則這些發生在香港的盜狗事件，又是怎麼一回事呢？當然，這些盜者不是沿門逐戶去偷那些老狗，何況老狗偷來也沒有實際效益（因爲狗大抵爲狗不易，所以心臟跳得特別快，心情緊張，時刻處於四面楚歌的境遇，不心快才怪），一般狗只能活上十年左右。所以這些偷狗者問津的只是幼犬，專門向寵物店埋手，一偷便是二三十隻，簡直是批發式的「買賣」。

老狗忠字當頭

偷這些幼犬，完全不會有忠心與否的問題存在。這正如在政治上的「盜狗」一樣，要從政敵的手上「偷狗」，不能偷老狗，因爲老狗的忠字深深刻在額門上，關係千頭萬緒，即使要想叛變也都有心無力。政治上的「幼犬」則不同，他們還沒被人收養，即使收養了，年資太淺，一般這種政治「幼犬」多還在四處串門的時候；沒認定主家，要變節利害關係不大，不致被主家追殺，主家大抵會當他沒存在論。而現在在香港發生的盜狗事件，既是幼犬，還沒有認定主人，偷的人便容易將這些「幼犬」出手。把牠們偷去大陸出手更是易事一樁。一般人的看法是大陸經改後，新冒起的富戶不少，他們在富有之後，也想到養三二隻名種狗來撐撐門面，表示其闊的生活，眾所周知，名種狗也者，由先進的歐美輸入的品種，這些畜牲一來難適應新的環境，二來歷代被嬌生慣養，所以到了亞洲冬天要穿衣，夏天要剪毛，還要「嘆」冷氣，吃更不用說，在大陸來養，起碼比養一個人更昂貴。有了這些名堂，所以在大陸養名種犬，身分會脫穎而出，自是意料中事。

除了社會地位因素之外，促成大陸人養名種狗的因素，還有另一個，這便是政治心理的因素。大家都會清楚，在大陸獨裁專政統治下，一般人都生活在依附權力中心的環境中，除了極少數的黨幹部攬權用權外是例外。反之，一般非共社會的多元權力的社會政治生活，使到各種社會政治組織非常有活力，而人也都可以通過這些多管道去建立他們的領袖地位，去享受到權力的欲望。這些生活，大陸的人都沒法享受到。這是違反人性的。這點，一般西方人養狗都有這種認識，尤其是德國，爲了要訓練孩子的權力與權威的感應與運用的能力，父母親會在孩子小時候在他名分下買隻狗叫孩子負責養。這樣孩子便能由小對狗發號施令，與訓練狗的聽話，而慢慢由狗帶入到人，將來長大了也就知道怎樣去管人。

有助民主發展

基於這個認識，大陸人的興起養狗熱，也都可以理解，在獨裁專政下過活了將近半個世紀，一旦政治上略作開放，人性自然反應，也就會去想到養狗了。尤其是養名種狗，更是非要用權不可，因爲牠們不比土種狗，養土種狗的人當狗不存在，聽之任之，有吃無吃過一天，而狗也當主人無到，要吠要跑，我行我素。養名種狗不同，關在舒適講究裝飾的家裡，人與狗過從密，若無主從之別，損失可大，照此說來，若大陸養名種狗風氣一旦趨盛，其政治生活由權力多元化的習性的養成，對趨向民主發展，是有助益的。這種「和平演變」，相信仍未被中共黨中央所鑑定。但相信早晚會成爲他們重大研究課題，何況毛澤東也早對狗恨之入骨，他也早把肅狗當作政治運動來搞。

——香港《信報》一九九二年八月十六日

機管局會變成 under dog 嗎？

八月十八日，天氣又是炎熱，前兩個風球剛過去不到二個星期，現在又掛上另一個，這令我們的場主好不安寧。因爲在颱風吹襲下，狗隻也都充滿危機感，好難控管。

本來，在這一號風球懸出後，場主該無心理會什麼政治行情才是。可是，鬧了老半天的機場財政安排是否妥當的問題，今天卻突然有了新的發展。早些時候，港府聽信了機場管理局的話，堅持機場財政安排很精密，一切設計也都周密，一分也不能減。說起來好似斬釘截鐵，完全沒有退讓的餘地。可是今天的機場管理局卻自己走出來說，把原有計畫略作修改，可以節省一億多港元。

機場管理局的負責人還加上一句，說這個削減完全沒有「政治」，也即不是在中方壓力之下，爲了討好，所以才作出更改的。

機管局這話，不要說香港市民聽了好笑，連我們這批比不上人這麼高等的動物，聽了也會汪汪大笑。用人的說法是「此地無銀三百兩」，用狗的說法是「此狗不曾偷吃」。

談判就是政治

本來在政治談判的過程中，雙方所作出任何的堅持，就算是表現得很堅決很堅決，作爲一種談判策略，無可厚非。正如政治理論上常講的「威懾理論」(Deterrency Theory)，一旦威懾不成，退一步，作爲另一種想法，這也都很正常。不必交代什麼有沒有「政治」，機場談判本身就是徹頭徹尾的政治，任何涉及機場問題，都是政治。就算是涉及整個大預算中的一丁點錢，但這退讓卻涉及好大好大的政治。這個好大的政治意義何在？不是嗎？中方代表在獲悉機場管理局的預算安排有所更改後，便即時作出反應，說是只作出那麼一點點的削減，不能算什麼，還說中方的整體看法，早就交給了英方，立場也說得明確，中方不會因此而要求召開會議。要嘛，只有英方在財務安排上作出很有分量的削減，開會才會有結果。

中方的這個說法，也都是談判政治的說法，現在的堅持，不等於是永遠的堅持。大家聽了不必爲其所懾退才是。

輕易敗走永難擡頭

可是，我這種看法卻不爲場主所認同。場主指出，不錯，在政治理論上有「威懾理論」，但場主卻認爲這理論只把人的理性的一面來考慮，人的不理性的一面，沒被考慮。再說，人也有個性強硬與個性軟弱的一面；前者在談判時往往堅持不放，後者則易收易放。

場主說了這番話之後，使我立卽想到狗的世界也確是有這種情況。正如人那樣，有各種不同的狗，有沙皮狗、牧羊狗、狼狗、拳師狗、老兒狗、北京狗等等多到百多兩百種。個個個性不同，連體形脾氣都各異。所以任何情況下，狗交手打架，都不是一個理論、一個模式能說得詳盡的。想到了這層，我不禁讚了場主幾句。但場主卻又開聲道：「狗卻可以在政治上給人啓發到一個道理——任何狗隻不管其體形大小，大也好、小也好，就是不能交鋒後輕易逃跑，一旦被對方識破了這種敗倒心理，對方便會趁勝追殺，直到徹底垮倒。更不可思議的，是因此引來了其他觀戰的狗隻也趁機來咬牠一口，好似來分享勝利品。」所以狗對咬有

「Under Dog Theory」（下風狗理論）。這指的是輕易敗走的狗一世擡不起頭，甚至從此一命嗚呼！

——香港《信報》一九九二年九月五日

沙皮狗鬥牧羊狗

話說有兩隻狗爲著一塊牛肉而爭吵不休，雙方時而張牙舞爪，時而對咬一陣，暫時雙方都未能把肉吞下，但雙方也都堅持不放，雙方爲著這塊肥肉，吵得震天價響，鬧得整個世界都圍上來看這沙皮狗鬥牧羊狗的一場世紀之戰。這一場廝鬥也確是歷史的幽默、天公的造化。巧不巧竟是由沙皮狗鬥牧羊狗。沙皮狗是中國的國犬，牧羊狗則是英聯合王國的國狗。雙方都有不小的來頭，雙方也都各有一套看家本領。

沙皮狗的看家本領是「皮」，這種狗如果用達爾文的「進化論」來解釋，大抵是因爲出身在萬狗爭戰的環境中，被演進出一副堅韌無比的狗皮，可以任由對方咬扯拉拖，對其韌皮無傷大雅，所以牠也能善用牠這副皮的優勢，在狗鬥時，出盡皮功，用光禿禿的皮，看來一無所擋，引誘對方的噬咬。一旦對方上了這當後，當對方全力咬扯這副皮之後，沙皮狗便可趁機找出對方的要害，致其於死命。所以沙皮狗能以鬥狗脫穎而成爲舉世之冠，所憑的便是牠的沙皮。

而牧羊狗也有一身看家本領，這是長在牠身上又密又長的狗毛。剛好與沙皮相反，牧羊狗長出長毛，志在護體，鬥起來時，叫對方無法咬及其皮肉，只能咬到滿嘴毛，其毛之密集與厚長，可以任由對方咬扯拉拖，也都無傷其大雅。這長厚狗毛與沙皮狗的不毛之皮正好有殊途同歸之效。牧羊狗的毛之長厚，引導對方犯上戰略錯誤，以爲這長毛易被拉扯，可以輕易使對方致命，但一旦咬上了，卻又被這長毛所愚弄，堅持不放，以接受挑戰。這一來便可以叫牧羊狗覷破對方的弱點，制敵取勝。儘管沙皮狗與牧羊狗各有一套看家本領，但也各有一個敗家弱點。

沙皮狗的致命傷在其好鬥，因爲其好勇鬥狠，所以便以鬥狗聞名天下。而正因爲其好鬥，雖能常常以「皮」取勝，但也因此以「皮」受損。沙皮狗不在鬥中使其致命，但卻因好鬥多鬥，倒使其皮常常被傷，經內部細菌侵犯，皮爛肉爛，最後披著爛皮爛肉，不治而殘。牧羊狗的弱點雖因毛而藏拙，但卻因此長毛披身而暴露出了全身少毛地帶的弱點，這便是牠的四隻腳。四隻腳不但毛少不長，而且還長得細長。這個細長令其不堪一咬，只要略爲細心的敵人，也都可以看出牧羊狗的這一個弱點。

這場沙皮狗鬥牧羊狗的世紀之戰，雙方也都似乎看出對方的破綻。沙皮狗曾一再向這牧羊狗的纖細小腳咬了幾口，令其漸漸呈現「跛腳」之勢。沙皮狗也的確能用其不毛之皮引導對方犯了戰略上的錯誤，咬這一口，咬不痛，咬不實，便又轉口，還是咬不痛，咬不實，接著又轉口，轉了多口，就是克服不了沙皮狗的「皮」。加上沙皮狗氣壯理直，直指這塊肥肉原是「主權」我屬，牧羊狗看來不但犯了戰略錯誤，而又不敢自認主權我屬，加上小腳挨了幾口，不跛著敗走也幾難矣。但沙皮狗也不全無後顧之憂，看來因經這好鬥逞勇所招致的皮肉傷，將會引發內部憂患，犯上好鬥後的病症。

——香港《信報》一九九二年九月十一日

狗咬主人

在政治上，有政變與造反的險機，同樣，養狗也有狗咬主人的厄運。

也許看官有人會說我將政變與造反比作狗咬主人不很恰當。因爲這樣會有貶低政變與造反之徒的意思。不錯，在政治上，政變一般確不是光彩的，造反雖不一定不光彩，如果當道者昏庸無道，人民造反，這種造反卻是正義的，但卻有不少政客因權欲作祟，不顧生靈塗炭，擁兵自重，打得江山稀巴爛，這種造反卻該被咀咒。總之，不管起義也好，救世造反也好，在政治學來說，都是一個不安的事，因爲政治上弄致出現政變與造反，是一種不健全體制的病徵。

健全的政治體制，當權者的用權會受各種渠道的制衡，令當權者盡量少出錯，卽使眞的出錯，無可諒解，也都有一定的體制，通過合法與和平的方法，對當權者加以彈劾，或通過投票方式，對當權者投不信任票。而不是搞陰謀暴力，用血腥手法推他下臺。正是因爲專制封建體制沒有定下任何可行的制衡渠道，偏是權力往往產生腐敗，極權便會流於極之腐敗，搞到權臣當道，與昏庸當權者一道腐敗，或是獨裁當權者剛愎自用，自負復自大，最後令好人速去，留下一班小人與惡霸爲伍在一塊，最後變成奸對奸、鬼對鬼，便如此這般地猛搞政變與造反了。

護理工夫須講究

養狗也然。狗咬主人，也不是一種健全的現象。本來人狗之間的主從關係，應是主愛從敬。愛也者，是主人要對狗作出各種好的對待。如食要定時及食得好；除了主餐之外，還要不時給點甜頭或獎賞，主要是投其所好。除此之外，還要講究狗的營養與護理。狗最常有軟骨症，所以也要常常餵以鈣片；要其毛色有光澤，除了梳洗之外，更要餵以魚肝油丸。護理方面也都更顯得主人關懷備至。所以除了有病醫病外，更要經常陪狗去散步散心，不使其有鬱結，多跑步散步，才能養出一條好的走狗。偏是有些人不知如此做足主人的工夫，讓狗有吃無吃又一天，狗也與人一樣，食不定時，一時飽死一時餓死；飽死不感激，餓死便什麼怨氣惡氣也鼓起來了。所以心情壞起來，也就六親不認，狗咬主人便因此而起。

爲咬人而養狗

同樣，不關懷狗不如不養狗。如果問餵食與關懷哪個重要，那可要先問這隻狗是否平日飽吃而有厭吃症的傾向，如有，食對牠便比不上關懷來得重要。如果關懷得不夠體貼，或不得法，便會狗咬主人了。得不得法也最關緊要。對著一條 affluent 狗，問牠要不要再加食，只有叫牠反胃。對著一條精忠狗，給牠多一點的精忠工作，反而是關懷愛護的表現。反之，叫牠「早抖」沒任務，牠便要立即感受到失寵。這時不咬主人，牠便不是一條精忠狗。

除了餵食與關懷的問題會導致狗咬主人外，有些主人另懷目的，養狗專爲咬人而養。看官以爲我在此胡扯，不信世上有人會不正常到專爲咬人而養狗的。不錯，確有其人。因爲狗之爲狗，沒法具有人的腦筋，也就不像主人那樣能在不同的時空裡辨別誰該被咬，誰不該被咬。因此，便只好把狗訓練成見人便咬。這種狗只有一個特別的任務，便是被放置在一個重地，任何時候只要不許任何人踏入重地，便把狗放進去，這時這隻狗便要六親不認，見人便咬，連主人也不例外。對這種狗，主人便要分分鐘鐘提防，否則便要自食其果。

政客咬人民

看官不要以爲這種情況在養狗大全裡是個怪現象。其實，在政壇上，又何嘗沒有這種專職「咬人」的政客呢?!其背後的主人爲了不能令這種政客有獨立思考明辨黑白，以免其「三省吾身」之後，棄暗投明，便要在這些政客身上注入強烈的感性素，叫其交心交肺，對其腦袋則來個全面廢除。於是，這些人便當然突然地對任何人失去是非黑白的判斷能力，只待主人交來任務時，誰踏入其任務地區，便會遭受到他們狂性式的進攻。

除了專業咬人狗會咬上主人外，還有另一種狗咬主人的情況。這便是當狗發難的時候，也就是當狗染上「恐水症」的時候，這隻狗身上的惡菌發作，神志不清，便會逢人就咬。因爲咬人會令牠心理好受一點。但這時的瘋狗已到了末路後期，自絕於人，早晚會病發而死或受人道滅絕。看官如果問政治上會不會也有這種瘋狗出現，答案是多得很。不是嗎？民主是社會健全的現象，偏是有政客視民意民主爲洪水猛獸，怕民意民主到最後見人便怕，不信任人、仇恨人，以致逢人便咬，其不也像「瘋狗」嗎?民爲主，政客爲從，如此政客咬人民，不也是「瘋狗」咬主人嗎?

——香港《信報》一九九二年十月二十九日

狗「口罩」

老子有句名言：「天地不仁，以萬物爲芻狗；聖人不仁，以百姓爲芻狗。」老子之所以說這句話，是因爲他生逢戰亂的年代，眼見人民生靈塗炭，因此便咀咒天地之不仁，咀咒統治者的不仁，把人命作賤到芻狗的地步，要殺要剮，毫不珍惜。

把人當作狗來殺害的年代，不只是老子的時代如此，現今世界也比比皆是。儘管近代民主、民權被唱得天般高，但是，人民被當作狗來看待的情況仍很普遍，而統治者的制民之道也隨著科學養狗的昌明而日新月異。

比如說「口罩」的發明，的確是一個很好的制御狗嘴巴的設計。人之所以想到要做「口罩」來把狗嘴罩住，當然是因爲怕狗嘴能咬能吠；有了這「口罩」，狗嘴便不能咬不能吠了，即使掙扎著要咬要吠，但也只能在「口罩」內咬牙切齒，或唔唔作聲，此外便別無辦法可以發揮到狗的咬與吠的功能。

現代的政客，因爲怕了人民，但又還沒到大開殺戒的時候，也都由狗的「口罩」找到了一種政制的箝制方法。卽不許人民搞代議政制，不許人民有言論自由，不許人民結社，不許人民使用全民複決權，不許人民向政客示威，這許多箝制，無非是怕人的一張嘴巴。同一張嘴巴去表達民意，一旦把這許多民權都禁絕了，就好比把「口罩」套上了狗嘴上去，便再也發揮不了人的權利。人頂多也只能像套上了「口罩」的狗那樣，咬牙切齒，或是唔唔作聲。

但人畢竟不是狗，人因爲有靈巧的手，可以動腦筋去拆除任何加諸他們的制御，所以任何制御到最後都要被掙脫，而加害人者也就被人推翻。卽使是狗，牠們不能像人一樣有一雙靈巧的手。但是，對於牠們深惡痛絕的「口罩」，牠們也都能用一雙前爪，抓住「口罩」猛力掙脫。凡是有養過狗經驗的人，都會見過狗掙脫「口罩」的毅力與決心。牠們一面虎虎作聲，一面用雙爪又推又抓，一時用頭大力搖動，一時用牙咬得嘎然有聲，企圖用牙咬得多少算多少。牠們可以如此又恨又惡地反抗與掙脫「口罩」，有時可以用上大半天工夫，一點沒氣餒。在堅毅與痛恨交加下，「口罩」往往多會被掙脫，不管人給牠們多少副「口罩」，牠們都不會因此妥協，因此接受「口罩」。

由狗之痛恨與堅決反抗「口罩」的表現，使我看到人爭取人權的表現。如果人因爲怕惹麻煩而接受了套在他們嘴巴上的政治「口罩」，一味妥協，那便眞是人不如狗了。

狗官解

中國自古以來流傳著一句話——「狗官」。這是罵官的話。但爲什麼又把他與狗牽連一道呢？平常一般人都把這「狗官」的狗當著形容詞，把官那麼尊貴的人物冠以狗，可見是志在貶低官。把其當狗看待，是極爲鄙視的，而中國人確有此習慣，常常在極度厭惡鄙視某人時，總愛用狗來罵，如「狗娘養的」、「狗腿子」等等不一而已。

可是，我覺得「狗官」作如此解不夠火力，應該作名詞解才夠罵得痛快。這狗與官是兩種動物搞在一起。狗是獨立體，官也是獨立體，狗不是形容詞，官也不是被形容的名詞，而是本身與狗被掛在一塊，人以爲他被當作狗來罵。這一來，這個官被罵的罪名可要大大減輕了。因爲這「狗」若當形容詞時，這是罵的人自己加上去的，言下之意這「狗官」與狗並沒有直接關係。而我的理解卻不同。若在此把狗當成名詞的獨立體時，這「狗官」的可惡可恨，不單是被形容得那麼可恨可惡，而是他與狗混在一道，平日養了大批狗，出門帶狗，與人吵架用狗，追捕人用狗，嫌疑人用狗鼻，動輒縱狗咬人吠人。這裡說的狗，不是形容詞，而是眞材實料的狗、活生生的狗、兇相畢露的狗、張牙舞爪會咬人的惡犬。這隻狗與官混在一道的現實，古今中外，都存在著。君不見官員帶著狗出巡或拉人捕人咬人的情景麼？

當然，除了這種用上眞狗的官外，「狗官」的官也有用上「爪牙」的。這「爪牙」兩字指的便是狗。但他們是人，這人甘願被官當狗來差使，被官指使著去咬人與吠人並與人對抗。官自己則躲在爪牙背後，任由這些「眞人假狗」去打頭陣。平日有事，這些爪牙便會一狗當先，跳出來又猖又吠又咬。官與民對抗的形勢，在這些爪牙的渲染下，便當眞叫良民見而生畏，而這些狗官也就更因此得逞。

凡是昏庸無能的官，在他們無法疏導民怨，凡是違背民意，在逆天行事的時候，他們這些狗官總愛養了大批的爪牙，動輒與民對抗，把民意當作造反的罪狀。而事實上，也確是如此。當爪牙們四出咬人吠人拉人的時候，係佛都有火，係人也都會有脾氣。一旦大家與爪牙們對峙時，狗官們便大有藉口，用「造反」來鎮壓。這種事在中國政治史上層出不窮，久而久之，人們見慣了官與狗爲伍的政治醜惡，也就上了口，慣把這批醜惡輩叫做「狗官」！

——香港《信報》一九九二年十一月三日

狗為什麼輕易搞對抗

人的政治是人與人之間利害衝突所產生的。但人可以用各種理智去想出各種方法來解決彼此之間的矛盾，避免彼此對抗、衝突，甚至戰爭。可是，人畢竟不是所有的人都同樣理智的、同樣有辦法、同樣重文輕武的。有的人因文化教養而輕易動武、動粗，動輒對抗。有的人則可能因爲身體上缺乏鈣質，也一樣輕易動武、動粗，動輒對抗。更有人因爲政治環境壞，長期經歷動亂，階級仇恨大，也就很難平心靜氣耐心想法子解決矛盾。

總之，人有各種原因，令其粗野暴力。這種粗野蠻橫的人搞政治，動輒與人動粗，是一種野蠻的行爲。這種野蠻行爲形同禽獸，在禽獸的世界最常見，在狗的世界更是無日無狗咬狗的現象。如果用狗政治來形容這般人的政治，是最恰當不過的。

凡是有養狗經驗的人，都會深深體會到，狗一碰到利害關係，便立即豎起尾巴，項毛張起，四腳一沈，張牙突眼，嘴巴唬唬作聲，全副對抗相。如此堅持一陣，對抗嚇不退對手，便會進一步脅迫，作出突然撲咬狀。如此威脅再三，對手仍不被懾退的話，最後便要看對手身形大小粗細，有沒有與自己作戰的紀錄，即使如此審視一陣，覺得形勢不妙，但狗畢竟在野蠻中長大，仍然不會恢復理智退下陣來，一定要把其惡牙擦出火花，最後被咬得頭破血流，僥倖對方手下留情，牠這才退下，但一副無悔的樣子，好似公告世人，牠在等待著下一回合的野蠻篇章。

狗之所以野蠻容易搞對抗，也與人的情況相似；沒文化或文化低的人，會輕易流於對抗相打。狗也然。一般在文化教育水平低的窮鄉，狗沒被教養到，文化水平低下，這種狗多是窮兇極惡的。與都市文明人養的狗則有差別。但差別畢竟不大，差別之處在於後者沒有太多的對抗機會，容易被主人及時喝止。

除了文化因素之外，狗之所以輕易搞對抗、鬥暴力，也與人一樣。當人沒有自由，受人控制，也都會輕易搞對抗、鬧革命。狗也然，尤其是經常被困著、被綁著的狗，更是脾氣暴躁，動輒張牙露爪。

狗還有一點似人的暴力的地方。人之所以愛對抗、搞暴力，與人的錢財多寡有關。一般社會學家都同意的一點，多財的人會怕暴力多一點，愈多財便愈怕，財富與尋求政治安定恰成正比。貧困與暴力傾向也恰成正比。所以毛澤東搞革命搞到唯恐天下不亂時，便體會到「愈窮愈革命」的道理。狗之所以動輒對抗相咬，大抵與狗之沒有儉財積食的文化有關。如果狗也能像人一樣，能夠累積資本致富，大抵也會像富有人一樣怕了動亂與暴力。

由狗的暴力對抗政治的啓示，可見蘇聯共產黨之所以統治了七十多年仍不得善終，原因也正是因爲把人民搞到像狗一樣窮困過日，既不能儉財致富，又不能豐衣足食，成副doglife相。蘇聯人民最後不想做狗，想做人，不想互相殘害，不想對抗求生，所以最後革了蘇聯的命！

——香港《信報》一九九二年十一月五日

狗廣告

在商業上，用狗來做廣告的，相當普遍，效果也不錯，相當得體，而且又趣致的，叫人經久不忘，有的幾十年都派得上用場。因一個廣告，用幾十年，在我印象中，也只得狗的廣告。那便是一隻小狗拉住一位小女孩的褲子，由於褲頭是用橡筋帶做的，給小狗拉得要滑下來的樣子，加上那隻狗的表情，與小女孩的窘狀，而且又是發生在小狗、小女孩身上，那確是趣致的鏡頭。

另一個狗廣告是用黑白兩隻狗配成的，不但那狗種長得漂亮，而且黑得來晶亮，白得來潔淨。兩隻狗並排坐著，叫做「黑與白」，那是產品的廣告，也是標誌。這兩個廣告用了幾十年，經常在世界各大城市的要道路口用大幅廣告與霓虹燈打出來，或是在世界各大報紙成版登了出來，叫人百看不厭。狗廣告的威力確是了得。

近來香港的商界不知從哪裡搬來的靈感，也頻頻用上狗來做廣告，而且做得也很誇張。其中有一則電視廣告是，被該公司的特別快車帶起的風威力，可以把一隻狗身上的黑色斑點吹了下來，其速度確是驚人。這個狗廣告吸引人的地方，是用狗來渲染與誇張一件產品。

在政治上，凡是想渲染或誇張一件事，狗也確是一個相當好的宣傳工具。最好的例子便是布希用他自己的狗，來誇張其政治對手柯林頓在外交事務上的無知；布希說，柯林頓的外交經驗與知識，不如他的狗。這確是夠誇張，自己說了，痛快，自己支持者聽了，也痛快。但這個誇張比喻，手法卻不夠高明，也欠幽默，所以很多人接受不了；布希的對手當然也接受不了。這不但給了柯林頓一個反脣相稽的機會，而且也促使對手加強了反布希的競選決心。因爲狗不會說話，但狗有個壞習慣，愛跟聲吠影，只要一隻狗虛吠一聲，百狗便亂吠一通，所謂一犬吠影，百犬吠聲。

這個壞習慣倒教識了一些政客官僚。他們也知道有些人或爲了無知、或爲了私利，也願被教唆著來虛「吠」狂「吠」。目的是用這些人來渲染誇張一件事，在一人虛張聲勢，百人響應之下，結果便會把一件事渲染誇張得了不起，叫人被嚇怕，叫人被懾退。這也是一門很有實力的廣告學問，可以叫人學成狗樣來狂吠亂吠，達成政客的願望。

但這種做法並不健康，而且是一種政治病態，儘管政治宣傳手法可以容許有渲染與誇張，但能夠以理說服人時，便萬萬不能用狗去渲染誇張來達致慴退人的辦法。因爲政治是講究治人的辦法，而不是講究嚇怕人的辦法。用理服人，人服心服，便好治理。用狗嚇人，人怕心不服，終有一天要撞板的！

——香港《信報》一九九二年十二月二日

汪然之無物

中國人有一句俗語：「愛吠的狗不咬人。」這句俗語有其一定的根據。凡是在中國人的鄉村社會住上個長日子的人，都會體察到這個現象，愛咬人的狗，往往不哼一聲，從背後就突擊過來，這種狗最危險。反之，見了人老遠便引項長吠的狗，這種吠狗，內容空洞，「無料到」，不必當牠一回事。

這一來，倒涉及一個問題來了。到底狗的吠聲，是不是空空洞洞，毫無內容的呢？要解答這個問題，並不容易。既然這一貫談的是養狗政治學，倒是可以用人的政治研究來試行分析狗吠的內容問題。在政治學上，無疑會用上一些人作政治工具，叫他們又嚷又叫，喊口號，叫打倒，總之是爲某種政治用心去做宣傳，而這種宣傳往往是內容空洞的。因爲宣傳也者，沒有實質的東西也，政治上如果「有料到」，便不必什麼宣傳，拿出貨色來便是了。要宣傳的東西，往往就是因為不被人接受得了，所以要用上各種虛言空語、漂亮話、堂皇語；不是騙人，便是說大話唬人，甚或用什麼大旗來壓人。所以在政治學上，研究宣傳的伎倆時，瞞事實，欺騙人，是宣傳的特點。所以，宣傳所代表的，總是空話、大話、假話、騙話。因為被利用的人，始終不會知道當政者的葫蘆到底賣的是什麼藥。他也永遠不會讓被他利用的人知道他的心事與眞實的情況。否則，被利用的人便再也不會被利用了。正因為如此，所以近代的民主運動中，其中一條最反對的，便是反對當政者為政不夠透明度，什麼都在遮瞞，祕密行事。所謂民主也者，便是把政權所作所為公諸於民，光明磊落，公開被人民監管。反之，獨裁政權，恰好凡事不公開，有事便藏頭露尾。一個最好的例子，據說前蘇聯獨裁政權，因為不想讓人民知道其一架民航機墜毀的事，偏是機上有整隊的足球隊正被安排在外有賽事，很難臨時不出席。情急之下，當政者竟然七手八腳臨時東拉西扯，用新人信組成隊，依時出國比賽，當人們發覺著名球員全失踪時，當權者依然在撒謊，說國家隊有事不能抽身。

由人的政治學來推論狗的吠聲是否也屬空洞一類，我想，既然被利用者是政治宣傳的工具，他們的語言容貌，完全不是政治骨子裡的眞髓。同樣，狗的吠聲，其所以空洞，是因為吠聲本身分不出被吠的是人是鬼？這對於主人來說，沒什麼作用。即不能當作有用的訊息以作出行動部署。然則，主人爲什麼仍養狗呢？

當然，養狗是希望牠既能吠也能咬，在吠與咬之間作出抉擇，寧選咬勿吠。但是吠而不咬，更是空洞無物。這種狗，對主人來說，頂多也只能當作在政治上的宣傳工具而已，用來騙騙人。正如在政治宣傳上，有人可被利用，作出群犬吠聲，總好過全無吠聲好。何況通過這些狗吠，多少也可知道對方的行踪及其感受。如果對方心無不軌時，大抵也只會把狗吠看成叫叫而已，不加理睬。否則，大抵會對狗吠加以鎭壓，例如拋石頭、揮棍棒之類的行動。政治也然，對於空洞的宣傳，大可不理。

——香港《信報》一九九二年十二月十五日

狗小解的寓言

話說狗原是玉皇大帝身邊的一個大臣，專門掌管神州大地的農務。

當時玉皇大帝有個既定方針，要這農務大臣實行農務「兩條腿跑路」，即農業不能太商業化，也不能沒有商業化，總之要做到農業的商業活動不溫不寒，恰到好處。

可是，萬料不到神州的人愛吃米飯，以種稻爲綱，偏是種的又是水稻，水太多淹沒禾苗，太旱又殃及稻田，要做到灌溉恰到好處，非要請雷神助一臂之力不可。

豈知雷神從玉皇大帝傳下來的御旨，是專司打雷下雨的工夫。本來如果神州大地是一片平原，那倒好辦，碰上的偏是喜瑪拉雅山從西往東一瀉千里，下了的雨挾著高山的溶冰，萬流歸河，一路集洪成災，到了四川以下，便已成了澤國。初，雷神聽從農神的請求，曾少打幾下雷，但卻又鬧出赤地千里的旱災來，還因此挨了玉皇大帝的一頓訓斥。而雷神與農神的一場心病也因此種下。

農神既然無可能從雷神處討個辦法，所以也只有光看著農務慘受雨災蹂躪。災情嚴重時，商人趁機囤積居奇，發災難財，還因此觸怒了農民造反，頻頻發生追殺商人的歷史，政治家更因此抽商人的後腿，搞個「重農抑商」，弄到玉皇大帝的「兩條腿跑路」完全失敗。

當然，玉皇大帝不能自省其身，只有怪罪於這農神，於是循一貫做法辦事，把農神化成一種動物，打入下界去服刑。正糾集眾大臣商討如何審處這農神時，大家議論了好一陣，沒有結論，還是由雷神提了個建議，罰農神下界當狗。

狗原本是天上的動物，給皇廷養著提防像孫悟空那樣的不法神物在天廷搞小動作。由於雷神長相奇突，狗見了往往多口齒，討來雷神不悅，於是便有罰農神下界當狗，來個「一箭雙雕」，而玉皇大帝不察，一時覺得這個提議可取。

於是農神便如此這般被罰下界當狗，走前玉皇大帝還下了一道意旨，既然農神在天上不能成功搞好「兩條腿跑路」的方針，便要他下界時「四條腿跑路」，爲了要牠死記住其對商人不能好自監督的罪狀，每到撒尿時便要對著右腿標射，並稱右腿代表右派，也卽代表資本界的意義，而左腿則代表左派，也卽代表勞動階層。

也不知箇中出了什麼岔子，這農神下界變著狗後，每到撒尿時，下意識總把右腿提了起來，這大概是其一貫愛乾淨之因。然而也因此再犯了天規，使其無法刑滿重回天堂，到現在仍流落人間。

以上是本養狗場主的南柯一夢，且當作寓言故事公諸於世。

——香港《信報》一九九三年二月一日

狗與幽默無緣

一位姓宋的朋友，對狗素有觀察力，一日與我碰上，突然抓住我問道：「狗爲什麼不會像人一樣也能發笑？」

我不假思索地便答他道：「狗有什麼地位？怎會有能力發笑？要有發笑的能力，需要有很高的智慧才行。不要說狗，就是很接近人類的猿猴，牠們的智慧還未能發展到笑的能力。」

姓宋的見我像教小學生那樣，雖不覺得不以爲然，但卻也不失其飽含智慧的笑容道：「這點我也明白，但我始終不明的，狗與人相處，已從石器時代開始，那麼長的歷史，很多高難度的動作牠都學得上，甚至還可以學到如何對人察顏觀色，更甚至有些領悟性能的高，還非人所能及的。但對笑這麼一個極簡單的臉部表情，牠學了最少有幾萬年吧，這個連初生嬰兒也能學得到的動作，但狗始終沒這能力，這叫我百思不得其解。」

經這友人如此探索一番，我也突然被啓發了什麼似地，嘴巴雖沒很快接上什麼解題，但腦裡卻不停地隨著他的話想到不少東西。的確，笑這個東西，說難絕非難，爲什麼狗始終沒法學人一樣擁有笑容呢？我想，笑這東西，絕非一種動作那麼簡單，甚至笑的本質也非動作一類，而狗學到人的東西，祇在動作一類。笑卻不然，常人道笑發自內心，既發自內心，便非由智慧所在的腦袋所控制，而常人也道「狼心狗肺」，可見狗狼的心與人不同，就在於狗大抵因此沒有能力發出各種笑容來。想到了這一層，明知道這答案有點形而上學，但也只好開玩笑地對姓宋的笑笑說了這些道理。

果然，姓宋的並不滿足於這些答話：「這些話，當罵人的東西還可以，但不是科學。科學上，應該可以對這提出一套圓滿的解答。」

我接著道：「我不已說了嗎？科學上把這當作是智慧比不上人的結果，但你卻又不滿意這答案。」

「你滿意嗎？」他又反問我道。

「這……」我一時也語塞，想說什麼；但他早接口道：

「不是智慧這麼簡單，就以人來說，同屬人，智慧不可說不同吧？甚至有些人的智慧比其同胞還高，但卻始終沒笑容，不要說私下不能待人以笑容，卽使是上電視，連基本的笑容也欠奉，更遑論有什麼幽默感！」

我又想答腔，但姓宋的卻說得興起，繼續滔滔不絕道：「爲什麼這人如此欠缺笑容，我想他們也一定知道，其所作所爲難免喪失天良，所以沒勇氣、沒心情，更還有其他笑不出來的原因……」

我想問是什麼其他原因，但沒打岔，宋的也沒說，卻把詞鋒一轉：「這些人沒法與幽默的人相比，幽默的人，第一他只要爲人正派，第二態度超然，第三要將得失置諸度外，所以能幽默、能說笑，是聖靈潔淨的表徵。」

我終於伺機插話道：「這與狗何關？」

姓宋的卻詫異於我的無知似的反問道：「你可曾見過任何一隻狗有笑容的？」我無言以對。

——香港《信報》一九九三年二月二日

瘋狗與瘋人誰更可怕？

一位文天祥的後人來訪，言談間他不忘問我有關狗的問題，他的問題也確是有趣，難得他想得到這麼有深度的問題。

他問：「人與狗都會發瘋，到底是狗更可怕，還是人更可怕？」

對這問題，我卽時沒法理出一個結論，經過了兩天的思索，我想較正確的答案應該是瘋人比瘋狗更可怕。

先說瘋狗吧，其症候還有跡可循，也有藥可醫。儘管瘋狗症可有相當長的潛伏期，中了這病症的狗和人，總會有個發作的時候，一旦在其發作時，他或牠總要四出咬人，其狂於咬鬥的狀態，通天下一見便知其病症發作，人人都曉得避之則吉。卽使走避不及，被咬上了，也都未必死定了，還是有藥可醫，只要不是到了症候的後期，便可救。所以瘋狗也者，其狗不瘋，作怪作害的，只是繁殖在狗身上的菌，既是菌便可有藥對付，何況瘋狗菌弄兇，也只是系出一門，沒有什麼變種，不必人再三想法子加以對付，只一個藥方，「搞定」！可是瘋人則不然，五花八門，防不勝防，更要命的，有眞瘋，也有假瘋，眞瘋難應付，假瘋也一樣難應付，兩者都不似瘋狗，因爲瘋人無菌可循，無藥可醫。

先說眞瘋，醫生所下的藥，不是對菌下藥，而是投以「鎭定劑」，把他的神經用藥來加以痲醉，但藥力過了後，其瘋狂照樣要發作。總之整個醫藥方程式，只是採用「痲醉」法，希望經過長期痲醉過後，瘋人被搞得身心疲憊，萬事對其已不再有太大的刺激作用，便是阿彌陀佛。凡醫生都知道，瘋人之瘋，不能在其身上找到根治方法，只能在瘋人的外在環境上去尋根問底。但是卽使找到了有什麼環境因素，醫生也都束手無策，因爲醫生不可能對引起瘋人發瘋的周圍環境進行藥苗注射。所以，當魯迅在日本學醫時，他見到了中國人見到外國人斬中國人的人頭時，還拍手叫好的現象，他認爲這簡直是瘋了，沒有靈魂的一群，他深知這種瘋，無藥方可循，學醫也無濟於此瘋，所以他棄醫而矢志寫作。他寫過《阿Q正傳》、《狂人日記》，翻譯過俄國人寫的《死魂靈》。這三部著作，都企圖用鞭撻中國人的靈魂來改善中國人的政治環境，以求不要那麼令中國人的神經受到過分刺激，叫中國人發瘋。

談到假瘋，那更是無藥可救。這不是眞瘋所涉及的環境問題，而是人失去理性時的瘋狂行爲。這種發瘋，無論在行爲的衝動程度，或是人數的參與規模，都是無與倫比的。這比起魯迅所寫的更是駭人。魯迅所見到的瘋，那只是靈魂呆滯，如死一般。失去理性的瘋狂行爲卻不然，比瘋狗之瘋何止千百倍，就好比千百萬條瘋狗群起發瘋，同一時間在同一地點，對著所有的人進行狂吠狂咬，然後叫所有被咬的人都一齊發瘋，不必經過「潛伏期」，又無藥可對付，甚至連「鎮定劑」也派不上用場，大家只瘋狂地互相陷害，互相攻擊，互相猜忌，瘋話狂言滿天飛。這便是「假瘋」的症候。

文天祥的〈正氣歌〉，其用心也志在叫人不瘋，行得正，坐得正，不害人，也不被人害，一片祥和，與瘋人世界恰成強烈對照。

——香港《信報》一九九三年二月十二日

中西領導人心目中的狗

戴天兄在《信報》的專欄裡談到美國總統或其家人在白宮養狗養貓，甚至養其他蟲蛇之類的東西，而且養的人多，不養的人少。不但養的人自得其樂，當新聞報導的，也自得其熱，而且令人津津樂道。

戴兄還在其鴻文裡點到我的「養狗專業」。「專業」與否？都不敢承受。筆者很喜歡養狗，倒是事實，更大的興趣，是觀察狗的行爲、行徑、行狀。如果說對狗的「專業」，比較正確地說是「觀狗」，不是「養狗」。

儘管在下自稱「養狗場主」，但只是「養」，但還不到「專」。因爲狗類之多，可以成一本厚厚的「百科全書」，眞的要從「養」去達至「專」，那非要成爲「狗王國」不可，這絕非普通尋常百姓的能力所及，只有諸侯將相之輩才有這個本錢。君不見古代諸侯將相用狗群行獵與追捕奴隸的場面麼？其數目之大，稱之爲「狗王國」確也不爲過。

尼克森藉養狗鬆弛

不過，戴兄說的總統養狗的事，倒使我想起一個問題，爲什麼他們那麼與養狗？而中國的統治者卻不然？

這確是一個有趣的問題，這問題我相信會有很多不同的解答。如果給醫學界來看，養狗可以調劑一下緊張的生活。

美國總統身爲世界超級大國的領袖，像尼克森那樣攻心計的冷戰能手，成日扭計，一天抽出點時間陪陪他那隻小黑狗，繃緊的神經立刻得到鬆弛，不在話下，還可以通過狗話題，在家裡緩和氣氛。據法國的醫學界研究統計，養狗的人患上高血壓的比例明顯比不養狗的人低，而且因此奉勸高血壓的病人養狗治病，這大概便是原是不養狗的人，出掌白宮之後，都養起狗來的原因。

中國領導人有養狗避忌

然則中國領導人爲什麼看不到這個道理，也養起狗來呢？這不是看不到這道理，而是中國的政治頂尖人物有太多的避忌，絕不能養狗，君不聞「玩物喪志」的古訓麼？對於中國人的最高領導來說，「痌瘝在抱」、「先天下之憂而憂，後天下之樂而樂」、「天將降大任於斯人也，必先苦其心志，勞其筋骨，餓其體膚，空乏其身，行弗亂其所爲」，這才是他們爲人聖明的職志，養狗？勿搞我！這只有給人抓著把柄，自己搵來衰，才會不此幹，何況自己要先行「餓其體膚」，養狗豈不公告天下，自己吃得太飽，連狗也腸肥？這便是歷代「痌瘝在抱」的君王不但不養狗，反而自己顯得節吃節用的政治原因。

有報導說，毛主席一條毛巾補了幾十次，這麼清儉的他，自己絕不養狗，還不准中國人養狗，因爲他要中國人綁緊自己腰帶，省起來接濟第三世界的窮國家也！

還有一個不爲人道的政治原因，叫中國的領導人大大小小都不能養狗，因爲中國行的是一套集權專政，有權力的人當然被人敬畏，因此也就難免要有人來攀附權貴。對於這種人，一般都爲人不恥，而辱稱之爲搖尾乞憐的狗，如果領導人養狗，對這賓主關係就有點尷尬了，爲了避這個忌，也就不能養狗。

當然，也不是所有中國的統治者不養狗，但多是改朝換代的革命帶路人不養狗，因爲「天降大任」嘛，其後代因爲生活優越了，不會不養，而且還會養得相當離譜，眞狗、假狗、咬人狗、守門狗、走狗、跑狗，非要養得天下大亂不可。正由於絕對不養到養到絕對，各走極端，所以養狗與否往往成了衡量政治好壞的準尺，也正因爲不養成了清廉的象徵，進一步還以此來貶低養狗，譭之爲物質腐敗。

中國的消費主義始終振作不起來，這與歷代的開國「高祖」人物的忌於養狗，可闡出大道理來。而美國總統之樂於養狗，何嘗不是無忌於追求 better life 的表現？

——香港《信報》一九九三年二月十五日

腦滿腸肥之狗一族

狗是狼的家族，但狗被人豢養，好吃好住，早就沒有了狼的習性，其中最要不得的，當然是吃的習慣了。

窮家的狗，連人也不得溫飽，自沒有大飲大吃的壞習性。看官莫以爲窮人不得溫飽，便不養狗，他們照樣會養狗，一來可能是養狗成了文化的習慣，二來窮起來沒得吃時，大可殺狗充飢，這在鄉下的窮家尤其如此。所以狗的飲食壞習性，多半發生在有權有勢有財有力有閒有野心的達官貴人之家。

這些人養狗，就好像養打手（各類打手），給牠們吃得好好，吃得飽飽，養尊處優，趾高氣揚，讓其自覺高人一等。就好像在政治上養打手那樣，教打手們一套「意識形態」，要他們相信這套法寶是全世界最優越，戰無不勝。養狗要其充當打手，也得要牠們相信主人是

「戰無不勝」的一類。爲了要牠們不吃裡扒外，不出賣主人，忠肝義膽，主人還得在大談「形而上學」的信仰之外，同時也得返回現實，好好給狗隻吃得飽飽，不能讓牠們有機會空著肚子，否則牠們便容易被他人用物質條件引誘而去。君不聞一般夜盜之徒採用鮮肉攻勢，扔下毒肉叫狗兒們中毒的詭計麼？養狗來守門的人，也最忌這一招，所以這類守門狗一般多是因爲吃得太多而養成「腦滿腸肥」。

本來狗隻在狼的環境時，大概因爲自然界要搵一兩餐也不容易，所以普通的食用也很有節制，不要說一日三餐，就是一日一餐也不必，三兩天一餐也是常事，即使如此，狼還要穿山越林，餐風飲露，消耗熱能大，一餐半餐也還能勝任，不像這些打手狗、看門狗，成日大吃大喝，守著一個崗位，不必操，不必勞，不必動腦筋，只聽主人命令，只吃而不消耗能量，這種養法，狗怎不變成「腦滿腸肥」？

正因爲狗有這種吃的壞習性，所以牠們的腸胃也都大有問題，這多少都會影響到牠們的工作，但人畢竟是萬物之靈，除了想到人胃痛與消化不良可以用藥物來治理外，主人們也都有這一個處方，而且比人的更具療效，人的腸胃藥，即痛即醫，藥力很少能耐久的，但狗的腸胃藥卻能耐上半年一年的，而且不用口服，可以打針，可見狗兒們命賤的一斑，一枝針便能耐上半年一年，人可沒有這麼命賤，藥要朝吃夜服才能頂得住一條命，難怪主人們要養狗不養人來看門守戶，因爲狗命賤，易養易守。

狼不但不像狗那樣吃得貪婪，把個胃糟蹋了，狼而且還很具有吃的德性。一點都不貪，眞有「社會主義」的精神，只吃自己該吃的一份，不多不少，眞有「各取所需」的原則。而付出勞力方面，也都一樣很有「各盡所能」的本色，在狩獵的過程中，每隻狼都得充分合作，絕不會有「做也三十六，不做也三十六」。分享獵物時，也都沒有爭吃的現象，做父母的還會就地把肉呑進自己肚裡，回到窩裡再吐出來餵稚狼，即使如此，大家也都不會懷疑父母狼飽吃以自肥。這種「社會主義」精神眞是「無得頂」！

反觀一些狗，依附權貴以自肥，這與狼的生活哲學差之遠矣！

——香港《信報》一九九三年二月十七日

用狗守廟

凡是到過美國或加拿大旅行的人，都會發現所有的巴士總站，都會停著許許多多「灰狗」巴士。因爲這間「灰狗」公司組織宏大，長程短程，大小生意通吃，散客團隊，也都一律歡迎，所以這間「灰狗」公司也就舉世聞名，而這隻「灰狗」也因此家傳戶曉。

這隻「灰狗」是所有狗種中最擅跑的走狗，種名叫「Greyhound」（灰號狗），大抵因爲牠善跑，所以這間公司以牠命名。

大家所熟知的，只是牠善跑，但牠有另一個天才，鮮爲人知，這便是牠也強於嗅覺。也許大家會說，凡是狗都強於嗅覺的啦，擺來講。

灰狗嗅覺特別發達

其實不然，狗也和人一樣，不同種的人，同是人，有的器官功能較發達。就是同族的，每個人的器官此消彼長也都不同。所以這隻灰狗的嗅覺特別發達，確也是有其值得表揚的地方。

據說其發達的嗅覺早已在古代被埃及人發現，這種灰狗原始於埃及，最遲也有三千年歷史。傳到了西西里島的時候，古西西里島的古宗教組織，竟懂得利用這灰狗的發達嗅覺來鑑別教徒是否虔誠，據說這灰狗竟厲害到能靠嗅覺來識別所有到教堂朝拜的人誰個虔誠，誰個虔誠有問題。可以想像得到，這隻灰狗守在廟堂門口，對著每個前來朝拜的人，伸長鼻子猛嗅，這一嗅，心裡有鬼，或是信心不足的人，更或是三心兩意的人，還有信念易於動搖的人，便感到了被人抓到了辮子似的，立刻在其身上發出一個「電震」，灰狗的強大嗅覺便在此刻感受到了這個「電震」，叫人無法遁形。據說這種用狗來鑑別信徒誠心的做法，擾攘了好長的時間，當時由於宗教組織很有勢力，信仰自由還非常有限。當人不能自由抉擇信與不信的時候，也就被迫非要上廟不可，也就被迫非要通過這灰狗的強大鼻子不可。這一來問題可認眞不小。

政治走狗嗅覺有私心

最大的問題，除了上廟人的誠心問題外，問題還出在這狗鼻子身上。凡是養狗的人都有這經驗，凡是狗都靠嗅覺，少靠視覺，更缺乏人的思想性。更糟的是狗之嗅東西，其用心也未必那麼單純，尤其是私心的問題，更是値得商榷，牠們的私心出在牠們對於同類與趣與性趣很大。

與趣也者，是找同類打架。這可以從人身上嗅到同類的踪跡，因爲人容易被狗沾上，而帶上狗騷味，尤其是養狗的人，更難拒狗騷，這種人往往成爲狗的敵人；而性趣也者，大家都知道，狗叫春有個時間，狗對這性趣也特大，而且也愛從人身上打探春歸何處。

諸如此類的問題，可見狗的嗅覺，其用心也不那麼單純，也可見古時用狗去鑑別信徒誠心的做法，也不知累死了多少人，尤其是當你無法擺脫宗教束縛的年代。到了宗教自由後，灰狗的鼻子也就派不上用場，否則若再給牠擾攘下去，連眞正誠心的教徒也會遭受到寃案錯案假案所逐走，那時廟堂更是少人涉足了。

政治信仰也然，從古就是怕人的忠誠有問題，所以在獨裁的政權下，人不能擺脫政治的情況下，政治走狗也和西西里灰狗一樣猖獗，同樣，這些政治走狗儘管用盡他們的政治嗅覺，由於他們一樣擺脫不了私心，再加上他們其他用心不單純，所製造的寃案、錯案、假案，就更是不可思議。

同樣，當政治信仰自由開展後，政治走狗才因此沒了市場。可見，走狗之爲患，關鍵在於人有沒有政治信仰自由，否則，人還是天天要向政治廟堂朝拜，天天要受狗鼻子去鑑定。

——香港《信報》一九九三年二月十八日

用狗帶路

人的眼睛可以分成好幾等級，頂級的，功能了不起，具有遠見，會高瞻遠矚。擁有這一級數的人，可以領導國家、社會、人群，使大家免遭受到天災人禍，更還可以令到政恭人和，享受一片繁榮穩定的好時光。次級的，功能便不那麼好，但還可以，起碼可以看到相當距離的事物，雖不能領導人，最少可以不會自己撞板。更次級的，其功能又差了一級，已近乎近視，要靠一些外力來協助其視力，這種人，也都還可以，最要命的，最不幸的，當然是眼睛全無視力的人。這種人既看不見，其走動也就得靠人來帶領，這種人被稱爲盲人，與頂級的之有遠見，恰成了一個強烈的對照。

盲人之依賴人帶領，這是天經地義的事，但是，由於近代人生活緊張，工作忙，責任大，往往對於照顧盲人走動這麼繁重的工作，視爲畏途，除非他自願當義工，又當別論，但義工既是義工，也都只能是得閒幹幹。正因爲如此不易爲盲人解決他們視覺的問題，所以近代人便想出了各種方法去協助盲人，其中被大力推薦的，是用狗來引領盲人。

而在所有被訓練來引領盲人的狗類中，當推「Golden Retrievers」（金黃找帶），這種狗之所以有這「找帶」這麼怪趣的名，是源自其聰穎的獵性，獵人開槍射擊鴨鵝時，往往在沼澤地帶，獵物跌下時，不易尋找，便用狗去擔任這工作，而所有獵狗中，卻又以這種「找帶」狗著稱，所以便以「找帶」封號賜之。

「金黃找帶」之所以在獵場上稱功，勝在其聽話而又有紀律。聽話的特點是在聽者不能有思考，不能有猶疑，不能頂嘴，拉拉聲應命而立即去做；而紀律也者，特點是在不偏不倚，跟從命令到十足，孜孜不倦去幹。聽話而加上紀律的狗，是最難得的狗，這樣的狗，不但在「Big game small game」的遊獵場合大派上用場，就是在引領盲人的工作上，也都很能稱職。

可是，儘管有「盲人之救星」的「金黃找帶」在爲盲人開創生機，但狗再聰明，狗畢竟是狗，要其起死回生，把盲眼變成頂級眼，從不見到遠見，是絕不可能的。

「金黃找帶」儘管可以在某些方面的引領工作很少出錯，但有一樣痲煩卻是牠的致命傷，那便是引領盲人過紅燈，狗天生也是眼力有問題，盲人天生也是眼出問題，所以狗引領盲人過紅燈，無異「盲狗引領盲人」，在紅燈面前過馬路，眞是闖險關了。爲了克服這困難，訓練「金黃找帶」的訓練狗師，深知無法克服狗的眼力問題，只好退而求其次，要「金黃找帶」跟隨大伙兒。看官該知，在紅燈面前，通常都有人等候，狗便只好學大伙兒，也在等候，等大伙見了綠燈開步走，牠也開步。牠的開步不是受紅綠燈左右，而是盲從跟大伙兒。

這在西方社會，問題還不大，因爲西方人較守法，衝紅燈的人絕無僅有，但在我們的社會卻不然，紅黃綠什麼燈都有人衝，什麼準則都守不住，如此一來，要是叫「金黃找帶」在此帶盲人過馬路，十有九死！

政治也然，如果落得要狗來引領盲人，哀矣！

——香港《信報》一九九三年二月二十六日

狗子無佛性

曾有僧人問趙州和尚道：「狗子還有佛性也無?」

趙州答道：「無!」

這一下卻叫這僧人大惑不解，照禪學的常識，凡眾生都有佛性，狗是眾生之一，不但是眾生，而且還與人爲伍，習上了萬物之靈的人的靈性，哪會沒有佛性的呢?於是這僧人又搶著質疑地問道：

「蠢動含靈皆有佛性，因甚狗子無佛性?」

趙州聽了，仍然是先前的答案：「無!」

這是一段佛家論禪的經典故事，經常被引用來說禪，這裡所感到興趣的，那僧人明明知道凡是眾生都有佛性，爲何偏偏拉出一條狗來質疑牠的佛性呢?莫非這僧人對狗的佛性起了懷疑，懷疑狗只是行屍走肉，不存在靈性，所以不存在佛性？

不料這僧人的質疑果然得到了趙州和尚的認同，直截了當堅持說：狗根本無佛性。這一來也就帶出了另一個問題來了，凡是了解和尚修行的人，都會清楚了解到，佛家在眾多動物中，最戒忌的是狗類，幾乎是談狗色變，而且最要命的是狗成了他們破戒的絕物。出家人只許吃素，不能點肉類，如果偶然起了凡心，也多可原諒，何況修行的東西，道行有高有低，由高可把低的比下去，正由於有人忍耐不住，這才顯得道行高的可貴。可是出家人點其他葷還可原諒，就是不能點狗肉，一點上了狗肉，便道行全失，不能被原諒，信用一去不回。

為什麼佛家那麼戒忌狗類呢？為什麼說「狗子全無佛性」呢？

以慈悲為懷告誡大奸大惡

說起來也蠻有意思的，看官也一定想得到這個道理。佛之所以興起，最基本的基本，不外是「大慈大悲」，「大慈大悲」的反面，不外是「大奸大惡」。奸也者，搞陰謀詭計，凡事不公開，專門私下算人；惡也者，凡是不順從我者，格殺勿論，更遑論敢反我者？「大慈大悲」者恰好相反，極度的相反。不但想以「慈悲爲懷」，把「大奸大惡」的人數落到十八層地獄，後來的善男信女，爲了告誡一些人，也爲了咀咒這些「大奸大惡」，甚至創造了一套「輪迴」信仰，叫「大奸大惡」不得好死，甚至來世投胎到各種動物去給人折磨。

看官也一定想得到，在所有「大奸大惡」的人中，莫過於政治上的「大奸大惡」那麼害人之至。一般的奸人惡人，搶也好，盜也好，姦也好，殺也好，鬥也好，他們再兇再惡再奸，也都只能害到一些人，而且也都還能輕易被人抓到，或是自己自省。

政治上的大奸大惡危害無窮

這些人之危害，還有個限量，而佛家也都認爲這些人有救藥，能「放下屠刀，立地成佛」。唯獨政治上的「大奸大惡」，其危害無限量，無遠弗屆，人無分老幼男女，一概成了他們陷害的對象。更爲佛家所不恥的，這些「大奸大惡」也恰是佛家修行的反面，是愈來愈奸惡。

孔子說人老了會變得「知天命」與「耳順」，政治的「大奸大惡」卻相反，佛家所恨的是不但不放下屠刀，反而是抓得更緊，殺害得更兇狠，眞是阿彌陀佛！

狗子之所以無佛性，正是由於牠們助紂爲虐，爲「大奸大惡」助奸助惡，也一起爲佛家所不恥，牠們的主子不能放下屠刀，牠們又怎能？既然不能，也就不能成佛，何來佛性？

——香港《信報》一九九三年三月三日

港督之犬出走的天機

中國人有一種講法——家狗出走，是家運中落的徵兆。很多人將這講法當迷信論，其實這話有其不可確信的一面，也有其科學的一面，未必盡然迷信。

迷信的一面不講，單講其科學的一面。

凡是養狗的人，都會很清楚，狗比人更現實，除了有好吃好住的物質條件外，更重要的，牠還要主人的寵愛。兩者哪樣重要？兩者都重要，對於住不愁、食不愁的狗來說，恐怕精神的照顧與溫情比物質還重要。對於狗來說，主人的寵愛更不能有冷場，比人的要求還要緊迫，人畢竟是有理性的高等動物，可以設身處地為人著想，狗卻欠缺這種理性。所以一碰上主人有事煩身，忽略了給牠一個慣性的寵愛時，牠便要爬上跌下，猛搖尾巴，追著主人要個親熱，若是主人仍然不體諒狗的熱情時，牠便要非常悲傷、自棄。如果偶然忽視一次半次，還沒有那麼大礙，如果經常忽視，牠便懷有嚴重失落感，甚至因此而另謀出路，這便是狗出走的根據。

其出走也，關鍵在於主人疏於垂愛，然則主人為何有這疏忽？這是值得考究的。一般養狗人家，主與狗之所以能建立起深厚感情，是靠長期而慣性地給狗隻寵愛，其中最重要的是帶牠跑步，而且是天天去作業，一天不能欠缺。如今主人忽然辦不到，可見主人必然有重大事故解決不了，心煩意亂，搞到全沒心情去理狗，如果持續如此，便是持續解決不了問題，這便種下了狗離家出走的禍根。

這便是科學理解狗子出走，從中可以很科學而準確地窺探到主人的困境。

把這科學理解狗子出走的分析方法，在分析港督彭定康的狗子的出走，多少也可窺探到港督自上任後，一定心情非常煩亂，儘管他裝得氣定神閒，指揮若定。但他在家的生活狀況如何？是否也能守住方寸不亂？問他的狗子便知道了。他的狗子居然拋下好吃好住的環境，可見彭督之陷於困境，搞到他未能修心也未能齊家，絕非一時之亂，而是長時間如此。此事後來也可由他遭受到各種損傷來求證，他爬山摔傷了腳，要跛著腳跑路，這不能說與他心煩方亂無關。再求證下去，他與戴卓爾夫人在北京會談出來在階下摔的那一跤，眞是無獨有偶。再由此求證下去，可見與中共領導人交手，是考驗個人方寸的試金石，加上尤德在北京心臟病爆發去世，彭督的心臟手術，可說小矣，幸矣。還有，據《南華早報》與彭督長女所作的訪談，可見連一向關心父親的女兒，也因爲與當上繁忙港督的父親共住而感受到寂寞，而不得不回英倫去與女友相處。

孔子曾說過，修身、齊家、治國、平天下。這話是很有科學性的，但要反證更清楚。一個人之所以能修到身心健康，自己不亂，家也不亂，他必然要能在政治大事上運籌帷幄，否則被政治煩到方寸大亂時，何來齊家？彭督的狗子出走，正好是他此刻心身的寫照，由此而再窺探下去，豈不也早已埋伏了他一再延遲憲報政改方案的心機？甚至進一步被迫而下野的天機？

——香港《信報》一九九三年三月五日

律師與狗

英國人的幽默是早爲世人恭維的，在他們施展幽默才華的時候，往往用上動物作幽默的材料。很多年前，筆者看過一張卡通式的彩畫，是描述法庭的情景的。畫裡的律師與法官都是狗頭人身，由他們的狗頭那種得意神采，畫家把律師與法官的神情刻畫得活靈活現。凡是上過法庭，見過律師與法官辦案時的表情，都會佩服這個卡通畫家的妙筆，竟然能把狗的樣貌如此人格化，或是把人的嘴臉狗格化。看了這張畫，令我多年來一直佩服卡通畫家，也常常愛看政治卡通畫，覺得他們那種將筆作槍的致命一擊，確是叫當事者哭笑不得，叫他們看到了自己的嘴臉，卻又拿卡通畫家沒辦法。

英國法是世界法著名的一系，雖是侷促在英倫小島，但卻能在法律上與歐洲大陸法分庭抗禮，成爲更著名的一個法律系統，而且在世界各地被廣泛沿用。

也大概因爲英國法了得，所以英國的法庭也就成爲生活上重要的一環。可想而知，法庭上辦案，各爲其主，作爲律師，他便非要施展他的辯才與法律知識，把黑辯成白，把白辯成黑，儘管法律嚴明，間中寃屈是無法避免的，何況英國法的原則堅持：「寧可錯放九個，不能錯判一個。」又：「基本假設一個人是無罪的，除非法庭能證明其otherwise。」也許因爲如此，律師這一行也就容易惹上是非，容易被社會譴責。這一來，律師的操守更不易爲，上述所見過的一幅卡通之所以能生動地把狗頭移植到律師身上，而又能被人接受，被人拍案叫絕，原因大抵在此。

問題倒是，爲何上述這位卡通畫者能夠想到把狗與律師拉在一道。我想這大概不但是英國人愛養狗，而且英國人愛用一根繩子叫狗陪己散步，放狗人在後，狗跑在前頭。人雖在後，狗卻不能造次，亂跑亂跳亂了套，因爲主人在背後有一根繩子拉住這隻狗。這麼一個情景，在英國是司空見慣的。

這種情景給人的印象好不好？多數不好！因爲狗隻再有紀律，他們畢竟不是人，見了旁人總要有些動作，叫人感到不快，加上狗隻也愛在跑步時不是小製作便是大製造，街道上被埋下「地雷」，一不小心，叫人中招的情景，確也叫人不快。再加上英國人放狗那種紳士淑女的姿態，無形中便把狗與主人的壞印象深刻印在人們腦海中，加上大家目睹律師與其事主的那種勾當可以互相映照與輝映，也就叫人想到律師與狗來了。

然則律師當眞像狗一樣，無法擺脫事主的繩索麼？這眞是一個很危險的課題，危險是因爲稍不小心，當律師擺脫不了事主的「負擔」（burden）的話，那便等於狗擺脫不了主人圈在自己頸上的一條繩索。然則「負擔」何解？即因律師費而喪失了自己專業的人格，以事主的主觀願望辦事，而不是以客觀的法律規範來辦事。這一來，什麼法律伸張正義與公義也就被破壞，律師成了狗一樣，靠一張嘴，聽從主人，只會汪汪狺狺狂吠，自己做虎不成，反當狗。有謂「畫虎不成反類犬」，正是最佳寫照！

——香港《信報》一九九三年八月十日

三民叢刊書目

①邁向已開發國家　孫　震著
②經濟發展啓示錄　于宗先著
③中國文學講話　王更生著
④紅樓夢新解　潘重規著
⑤紅樓夢新辨　潘重規著
⑥自由與權威　周陽山著
⑦勇往直前
・傳播經營札記　石永貴著
⑧細微的一炷香　劉紹銘著
⑨文與情　琦　君著
⑩在我們的時代　周志文著
⑪中央社的故事(上)
・民國二十一年至六十一年　周培敬著
⑫中央社的故事(下)
・民國二十一年至六十一年　周培敬著
⑬梭羅與中國　陳長房著
⑭時代邊緣之聲　龔鵬程著
⑮紅學六十年　潘重規著
⑯解咒與立法　勞思光著
⑰對不起，借過一下　水　晶著
⑱解體分裂的年代　楊　渡著
⑲德國在那裏？(政治、經濟)
・聯邦德國四十年　郭恆鈺、許琳菲等著
⑳德國在那裏？(文化、統一)
・聯邦德國四十年　郭恆鈺、許琳菲等著
㉑浮生九四
・雪林回憶錄　蘇雪林著
㉒海天集　莊信正著
㉓日本式心靈
・文化與社會散論　李永熾著

㉔臺灣文學風貌　李瑞騰著
㉕干儛集　黃翰荻著
㉖作家與作品　謝冰瑩著
㉗冰瑩書信　謝冰瑩著
㉘冰瑩遊記　謝冰瑩著
㉙冰瑩憶往　謝冰瑩著
㉚冰瑩懷舊　謝冰瑩著
㉛與世界文壇對話　鄭樹森著
㉜捉狂下的興嘆　南方朔著
㉝猶記風吹水上鱗
　・錢穆與現代中國學術　余英時著
㉞形象與言語
　・西方現代藝術評論文集　李明明著
㉟紅學論集　潘重規著
㊱憂鬱與狂熱　孫瑋芒著
㊲黃昏過客　沙究著
㊳帶詩蹺課去　徐望雲著

㊴走出銅像國　龔鵬程著
㊵伴我半世紀的那把琴　鄧昌國著
㊶深層思考與思考深層
　・轉型期國際政治的觀察　劉必榮著
㊷瞬間　周志文著
㊸兩岸迷宮遊戲　楊渡著
㊹德國問題與歐洲秩序　彭滂沱著
㊺文學關懷　李瑞騰著
㊻未能忘情　劉紹銘著
㊼發展路上艱難多　孫震著
㊽胡適叢論　周質平著
㊾水與水神
　・中國的民俗與人文　王孝廉著
㊿由英雄的人到人的泯滅
　・法國當代文學論集　金恆杰著
(51)重商主義的窘境　賴建誠著
(52)中國文化與現代變遷　余英時著

53 椽溪雜拾　思　果著
54 統一後的德國　郭恆鈺著
55 愛廬談文學　黃永武著
56 南十字星座　呂大明著
57 重疊的足跡　韓　秀著
58 書鄉長短調　黃碧端著
59 愛情・仇恨・政治
　・漢姆雷特專論及其他　朱立民著
60 蝴蝶球傳奇
　・真實與虛構　顏匯增著
61 文化啓示錄　南方朔著
62 日本這個國家　章　陸著
63 在沈寂與鼎沸之間　黃碧端著
64 民主與兩岸動向　余英時著
65 靈魂的按摩　劉紹銘著
66 迎向眾聲
　・八〇年代臺灣文化情境觀察　向　陽著
67 蛻變中的臺灣經濟　于宗先著

68 從現代到當代　鄭樹森著
69 嚴肅的遊戲
　・當代文藝訪談錄　楊錦郁著
70 甜鹹酸梅　向　明著
71 楓　香　黃國彬著
72 日本深層　齊　濤著
73 美麗的負荷　封德屏著
74 現代文明的隱者　周陽山著
75 煙火與噴泉　白　靈著
76 七十浮跡
　・生活體驗與思考　項退結著
77 永恆的彩虹　小　民著
78 情繫一環　梁錫華著
79 遠山一抹　思　果著
80 尋找希望的星空　呂大明著
81 領養一株雲杉　黃文範著
82 浮世情懷　劉安諾著
83 天涯長青　趙淑俠著
84 文學札記　黃國彬著

⑧⑤訪草（第一卷）

陳冠學　著

本書是作者於田園生活中所見所感之作，內有田園畫，有家居圖，有專寫田園聲光、哲理的卷軸。喜愛大自然田園清新景象的讀者，將可從中獲得一份未曾預期的驚喜與滿足；另有一小部分有關人性與人生哲理的文字，則會句句印入您的心底。

⑧⑥藍色的斷想

·孤獨者隨想錄A·B·C全卷

陳冠學　著

本書是作者暫離大自然和田園，帶著深沈的憂鬱面對人世之作。一路上你將有許多領略與感觸，時或有天光爆破的驚喜；但多數時候，你的心頭將披著一襲輕愁，甚或覆著一領悲情。這是悲觀哲學，卻是被熱情、關心與希望融化了的悲觀哲學。

⑧⑦追不回的永恆

彭歌　著

本書是《聯合報》副刊上「三三草」專欄的結集。作者以其犀利的筆鋒，對種種社會現象痛下針砭，冀望這些警世的短文，能如暮鼓晨鐘般，在這變亂紛乘的時代，起著振聾發聵的作用。

⑧⑧紫水晶戒指

小民　著

俗世間的珍寶，有謂璀燦的鑽石碧玉，有謂顯榮的列鼎封侯。其實生活就是人生最美的寶物，不假外求。非常喜愛紫色的小民女士，以她一貫親切、自然的文筆，輯選出這本小品，好比美麗的紫色禮物，要獻給愛好文學也愛好生活的您。

⑧⑨心路的嬉逐

劉延湘 著

本書筆調清新幽默，論理深刻而又能落實於生活踐履。走一趟作者精心安排的「心路」之旅，您將莞爾一笑，心情頓時開朗。而您也將發現，原以為只是一條山間小路，結果卻是風景優美，鳥語花香的舒坦大道。

⑨⓪情書外一章

韓秀 著

情與愛是人類謳歌不盡的永恆主題，它為空虛貧乏的現代生活加添了無數的色彩。本書記錄下了作者在日常生活中感受到的親情、愛情、友情及故園情，在書中點滴的情感交流裡，在這些溫馨的文字中我們是否也能試著尋回一些早已失去的東西。

⑨①情到深處

簡宛 著

本書是作者旅美二十五年後的第二十五本結集。身為一個教育家，作者以其溫婉親切的筆調，寫出篇篇充滿溫情的佳構，不惟感動人心，亦復激勵人性。將愛、生活與學習確實的體驗，眞正感受到人生的有情，生命也因此生意盎然。

⑨②父女對話

陳冠學 著

一位老父與五歲幼女徜徉在山林之間，山林蓊鬱，山泉甘冽，這裡自有一份孤獨的甘美。本書是記述作者父女在人世僻靜的一個角落，過著遺世獨立的生活的文字畫。舉世滔滔，這應是一面明鏡，堪供讀者對照。

⑨③陳冲前傳

嚴歌苓　著

在好萊塢市場，多少人一夜成名直步青雲，又有多少人一朝雲中跌落從此絕跡銀海。身爲一個中國人，陳冲是經過多少奮鬥與波折，身爲一個聰慧多感的女子，她又是經過多少的心路激盪，才能處於這洶湧波濤中。本書將爲您娓娓道出陳冲的故事。

⑨④面壁笑人類

祖　慰　著

本書是有「怪味小說派」之稱的大陸作家祖慰，在巴黎面壁五年悟得的佳構。他的散文神遊八荒，情貫萬里，將理性的思維和非理性的激情雜揉一起。讀其作品既能吸收大量的科普知識，又可汲取其飄逸文風的美感享受。

⑨⑤不老的詩心

夏鐵肩　著

夏先生一生從事文化工作，大半心力都用在鼓勵培植有潛能的青年人，助他們走上文學貢獻之路。而他本身亦創作出不少的長短佳文。本書收錄計有：詩詞小品、散文、方塊評論等。作者一顆不老的詩心，洋溢在篇篇佳構中。

⑨⑥雲霧之國

合山　究　著

使中國風土之特殊性獨具一格的，與其說是天地的廣大，不如說是因塵埃、雲煙等而爲之朦朦朧朧的自然空間吧！精氣、神仙、老莊、龍、山水畫、奇書等，其產生是有如何玄妙的根源啊！就以「雲霧」爲起點，讓我們一起走進這美麗幻夢般的世界。

⑰北京城不是一天造成的

喜樂 著

打從距今七百五十多年前開始，北京城走進歷史的繁華紛亂。現在，且輕輕走進史册中尋常百姓的那頁，一盞清茶、幾盤小點，看純中國的挿畫、尋純中國的足跡。由博學多聞的喜樂先生做嚮導，就讓你我在古意盎然中，細聆歲月的故事。

⑱兩城憶往

楊孔鑫 著

霧裡的倫敦、浪漫的巴黎，除此之外，這兩城你可還留有其他印象。本書是作者派駐歐洲新聞工作二十多年的記錄。透過作者敏銳的筆觸，且讓讀者徜徉在花都、霧城的政經社會、文化藝術、風土人情以及歷史背景中。

⑲詩情與俠骨

莊因 著

一顆明慧的善心與眞摯的情感，經過俠骨詩情的鑄煉，將生活上的人情世事，轉化爲最優美動人的文句，呈現出自然明朗灑脫的風格。文學對於作者而言，不僅是興趣，更是他的生命，但他不泥古而創新，在其文章中俯首可拾古典與現代的完美融合。

⑳文化脈動

張錯 著

「我是一個文化悲觀者，因爲我個人一直堅持某種希臘式的古典禮範，而這種文學或文化古典禮範，已日漸有如夫子當年春秋戰國的禮崩樂壞。」作者就是以這顆悲憫的心，用詩人敏銳的筆觸，深刻而熱切的批判著臺灣的文化怪象。

⑩ 桑樹下

繆天華 著

本書是作者在斗室外桑樹蔭的綠窗下寫就的小品散文。作者試圖在記憶的深處，尋回那些感人甚深的、發人深省的、或者趣味濃郁的人文逸事，不惟激勵讀者高遠的志趣，亦能遠離消沈、絕望的深淵。

⑩ 牛頓來訪

石家興 著

本書爲作者三十多年來從事科學工作的心情寫照，包括思想、報導、論述、親情、遊記等等。文中處處流露出作者對科學的執著與熱愛，及超越科學之外的人文情懷，篇篇清新雋永，理中含情，情中有理，爲科學與文學的結合，作了一番完美的見證。

⑩ 深情回眸

鮑曉暉 著

作者生長在一個顛沛流離的時代，雖然歷經千辛萬苦，但行文於字裏行間，卻不見怨天尤人；有的只是對以往和艱苦環境奮鬥的懷念及對現今生活的珍惜，以及世間人事物的觀照及關懷。做爲一本懷舊之作，或是清新的生活小品，本書皆爲上乘之作。

⑩ 新詩補給站

渡也 著

你寫過新詩嗎？你知道如何寫一首具有詩味的新詩？本書是由甫獲得「創世紀四十周年創作獎」的詩人兼詩評論家渡也先生，深入而精闢的剖析一首新詩的形成過程，指導初學者從如何造簡單句到如何寫出一首詩，是一本值得新詩愛好者注意的書。

⑩⑤鳳凰遊

李元洛 著

一生從事古典與現代詩論研究的大陸學者李元洛先生，如何在放下嚴肅的評論之筆，轉而用詩人細膩的筆觸，摹寫山水大地的記行，以及人生轉蓬的寄悵，書中句句是箴語、處處有眞情，值得您細品。

⑩⑥文學人語

高大鵬 著

忙碌的社會分散了人們的注意力、淡化了人們對身旁人事物的感情，任由冷漠充塡在你我四周……而本書的作者以感性的筆觸，表達了自己對身旁人事物的眞心關懷，以平實的文字與讀者分享所遇所感，無疑是給每個冷漠的心靈甘霖般的滋潤。

⑩⑦養狗政治學

鄭赤琰 著

身處地理、政治環境特殊的香港，作者藉由動物的百態來反諷社會上種種光怪陸離的政治現象，在其輕鬆幽默的筆調背後，同時亦蘊含了嚴肅的意義。這一則則的政治寓言，讀之不僅令人莞爾一笑，更具有發人深省的作用，批判中帶有著深切的期盼。

⑩⑧烟塵

姜穆 著

作者是一位出生於貴州的苗族人，卻意外的捲入戰爭。在臺娶妻生子後，所抒發對戰亂、種族及親人的眞誠關懷。內容深沈、筆觸清新，充分顯露在生活的烈焰煎熬下，早已視一切如浮雲，淡泊名利，將其一生的激越昂揚盡付千里烟塵中。

⑩⁹ 河宴

鍾怡雯 著

人間繁華的請柬處處，不如赴一場難得的野宴。聽一回水的演奏、看一場山的表演，再來細細品味鍾怡雯爲您端出來的山野豐盛清淡的饗宴——極盡可口的綠、十分道地的藍，以及不加調味料的白。

⑪⁰ 滬上春秋

章念馳 著

章太炎，這位中國近代史上的思想家、政治家，曾因領導戊戌變法失敗而流亡海外。他雖是浙江餘姚人，卻有大半輩子的歲月是在上海度過。本書是由章太炎的嫡孫章念馳先生，從家族的口述和史料中，完整的敍述章太炎的這段滬上春秋。

⑪¹ 愛廬談心事

黃永武 著

每個人心中都有一枝彩筆，然而在趕遠路、忙上班的歲月裏，枕頭上的日升月降中，像拋來擲去的跳丸，彩筆就這樣褪去了顏色……本書作者在辭去沈重的教職和繁雜的行政工作後，重拾心中的彩筆，爲您宣說一篇篇的文學心事。

⑪² 吹不散的人影

高大鵬 著

時代替換的快速，不知替換了多少人生舞臺上出現剎那的面孔；而人類，偏又是最健忘的族群。本書中所收錄的文章，均是作者用客觀的筆，爲曾替人類社會或文化默默辛勤耕耘的「園丁」們，做最眞實的文字記錄。

⑬草鞋權貴

嚴歌苓 著

曾經叱吒風雲的老將軍，是程家大院的最高權威，九個承繼他刁鑽聰明的兒女，則個個心懷鬼胎……一個來自鄉下的伶俐女孩，被命運的安排，走入這權貴世家。威權的代溝、情份的激盪、所有內心的驕傲與傷痛，這會是怎樣的衝突，怎樣的一生？

⑭是我們改變了世界

張 放 著

從事文學藝術的工作者是「人類靈魂的工程師」。如果作家不能提高廣大讀者的精神生活品質，而僅爲娛樂人心、滿足人們的好奇和刺激。那麼與馬戲團的小丑或兜售春藥的小販何異？故而作者不禁要問：是我們改變了世界，還是世界改變了我和你？

⑮夢裡有隻小小船

夏小舟 著

日本人參加婚禮愛穿黑色、日本料理味輕單調、日本人性格分ABCD、還有情書居然可以賣……於日本教書的大陸作家夏小舟，在本書除了告訴你作者旅日的見聞趣事外，也且隨她乘坐那夢裡的小小船，航行向那魂縈夢遷的故國灣港中。

⑯狂歡與破碎

林幸謙 著

你可曾聽過溯河魚的傳統？憑著當初離開河源的記憶，激勵著牠們回到了河川盡頭的故鄉。寧願冒著生命的危險，也不願成爲溫暖海洋中的異鄉客。本書作者由溯河魚的傳統，引入海外華人的悲調，一種狂歡與失落、破碎而複雜的心靈面貌。

國立中央圖書館出版品預行編目資料

養狗政治學／鄭赤琰著. --初版. --臺北
市：三民，民84
面；　公分. --(三民叢刊；107)
ISBN 957-14-2191-X（平裝）

856.8　　84000937

 養 狗 政 治 學

著作人　鄭赤琰
發行人　劉振强
著作財產權人　三民書局股份有限公司
臺北市復興北路三八六號
發行所　三民書局股份有限公司
地　址／臺北市復興北路三八六號
郵　撥／〇〇〇九九九八一五號
印刷所　三民書局股份有限公司
門市部　復北店／臺北市復興北路三八六號
重南店／臺北市重慶南路一段六十一號
初　版　中華民國八十四年三月
編　號　S 85290
基本定價　肆　元
行政院新聞局登記證局版臺業字第〇二〇〇號

ISBN 957-14-2191-X（平裝）

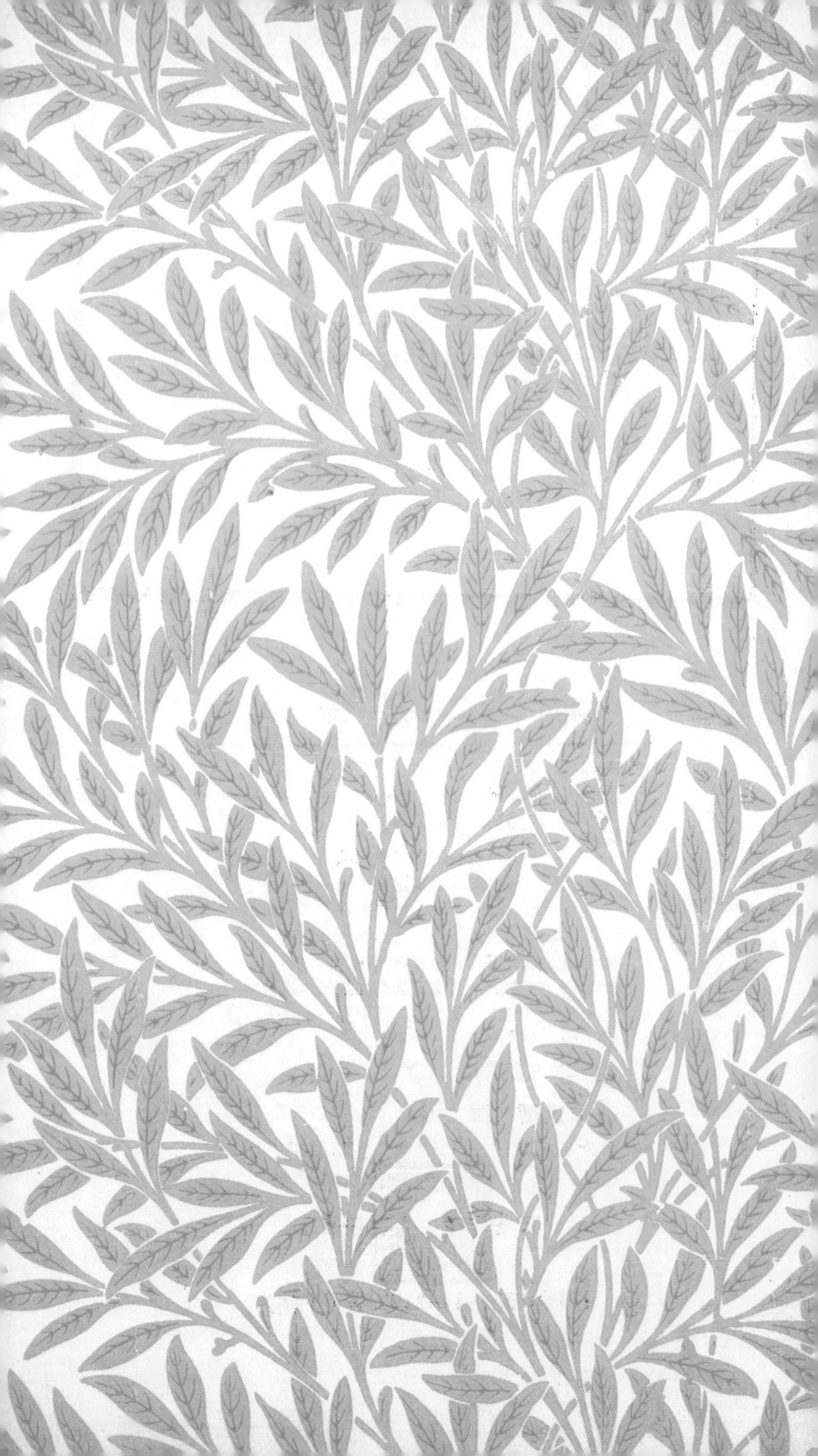